L'ERMITE DE L'ILE AGO

LES PAROLES D'UN PROSCRIT

LA FRANCE DEVANT LE SIÈCLE

PARIS
E. LACHAUD, ÉDITEUR
4, PLACE DU THÉATRE-FRANÇAIS, 4

1871

L'ERMITE DE L'ILE AGO

LES

PAROLES

D'UN PROSCRIT

LA FRANCE DEVANT LE SIÈCLE

PARIS

E. LACHAUD, LIBRAIRE-ÉDITEUR

4, PLACE DU THÉATRE-FRANÇAIS, 4

1871

LES

PAROLES

D'UN PROSCRIT

LA FRANCE DEVANT LE SIÈCLE

Le despotisme, qui proscrit sans motifs, par simple suspicion d'antipathie; qui brise, par pur caprice, des situations qui l'offusquent, a beau promulguer ensuite du haut de son absolutisme brutal des amnisties sonores, il se trouve toujours au nombre de ses victimes innocentes de fiers caractères qui ne transigent pas avec le crime; qui considèrent ces retours d'un pouvoir coupable vers la justice, après avoir écrasé le droit sous les violences de la force, non plus comme un acte généreux, mais comme une nouvelle humiliation jetée à la face des proscrits, et qui refusent d'y répondre pour ne pas donner à un tel ostracisme, par l'acceptation d'une grâce, un caractère de légitimité.

I

Dans une île fertile, voisine des rivages de la France, peuplée d'habitants hospitaliers, bergers, cultivateurs et pêcheurs, débarqua un jour l'une de ces innocentes victimes des abus de la force et du bon plaisir d'un despote.

Accueilli avec cordialité par ces laborieux insulaires, l'exile leur demanda et obtint une place à leur soleil et un coin de leurs falaises verdoyantes pour y fixer sa demeure; il s'y dressa une cabane et s'y condamna facilement à la vie de travail et de frugalité des autres habitants. C'est là, dans l'exil, loin des siens et de la patrie, que l'homme comprend bien que le travail, quel qu'il soit, c'est le bonheur, c'est la vie; que rien n'est impossible aux hommes dont une volonté ferme soutient le courage.

Cet homme, c'était moi. Si l'amour de la France me portait parfois à maudire mon sort, la douleur de la voir asservie et dégradée par le despotisme me le rendait cher et me portait à aimer mes chaînes. Consacrant les jours aux soins de l'approvisionnement, mes soirées et souvent mes nuits appartenaient aux méditations sur les destinées des peuples et les moyens d'améliorer leurs gouvernements.

Un soir, tranquillement assis au sommet de ma colline, qui forme au bord de la mer une pente insensible, je promenais au loin mes egards vers la France, plein d'inquiétudes sur son sort, et impatient de la revoir et de la retrouver heureuse et prospère. Le ciel était pur, la nuit était belle, et la vague ridait à peine le miroir de l'eau.

Cependant la brise légère qui venait du continent m'apportait comme un bruit de rames, et mes yeux scrutaient fiévreusement l'horizon pour en découvrir la cause.

— Qui peut venir à cette heure, disais-je, troubler le doux silence qui m'entoure? Est-ce encore quelque naufragé arraché à la fureur d'une tempête lointaine, et que la providence conduit vers nous? Un point noir m'apparaît comme un flot qui roule vers ma solitude. Oh! ce point mobile, c'est une barque portant un homme; et cet homme ne peut être un naufragé, car les naufragés viennent du large. Qu'est-ce donc?

Cette barque se réfugiant dans l'anse abritée au pied de ma colline, j'y cours!

Aux lueurs du sillon phosphorescent que cette barque traçait sur l'onde, et qui illuminait sa marche, j'avais pu en suivre toutes les manœuvres jusqu'au port.

J'aborde l'étranger en lui disant :

— Homme du continent, qui que tu sois, mes bras s'ouvrent pour te recevoir, et mon cœur t'offre l'hospitalité ! Qui es-tu ?

— Un proscrit français, répondit-il.

— Un proscrit, dis-je, est sacré pour tout cœur humain, et pour moi, c'est un frère!

Laisse ta barque attachée à ce bloc de pierre, elle y sera en sûreté parfaite, et viens dans mon asile goûter le repos qui t'est nécessaire.

— Merci, reprit l'étranger; la bienveillance de votre accueil calme ma douleur et dissipe mon désespoir. Merci! je retrouve un ami dans un compatriote. Dieu soit loué !

— Oui, lui dis-je, proscrit comme toi, le sort nous rend frères. Mais dis-moi quel pressant motif t'oblige à quitter à une pareille heure les rivages si hospitaliers de notre chère France? Est-ce que ses malheurs, dont la pensée me tue, grandissent encore? Est-ce que la main des barbares qui l'ont mutilée y a rétabli le despotisme violent qui la lui avait livrée après avoir ruiné ses forces et énervé son courage? Est-ce que la providence n'a point encore abaissé sur une telle infortune un regard de compassion et de protection? Oh! parle! J'ai soif de la vérité : j'écoute! car j'attends la fin de l'invasion des envahisseurs pour revoir ma patrie.

— La France, reprit l'étranger, voyait luire le jour où disparaîtrait l'orage qui venait de briser sa puissance et de disperser ses armées, et qui avait menacé de détruire jusqu'à sa propre existence. Elle comprit alors, mais trop tard, qu'elle avait été le jouet d'hommes ineptes et lâches, et elle dut subir la loi de la force.

Des hommes de cœur et de raison, plaçant le salut commun au-dessus des excitations irréfléchies de l'orgueil national, et faisant stoïquement violence au soulèvement de leur patriotisme humilié, pour ne penser qu'au devoir supérieur de sauver la patrie, venaient de cimenter de leurs larmes et de signer de leurs mains l'acte onéreux de sa délivrance.

Devant l'inexorable violence faite au droit et à l'équité par la force étrangère victorieuse, on devait croire qu'un seul sentiment allait survivre dans tous les cœurs à la souillure du sol natal et à la retraite conclue des hordes étrangères : le sentiment de l'union de tous dans un effort héroïque et commun pour cicatriser les plaies de la patrie, réparer ses désastres et marcher promptement par les voies de la concorde et du désintéressement personnel à la restauration de sa grandeur et de son prestige historiques.

Mais, hélas! vingt années de démoralisation, par l'exemple de toutes les corruptions de l'arbitraire et de la mauvaise foi, avaient tellement étouffé, dans les masses populaires, les sentiments d'indépendance, d'initiative, de respect du droit d'autrui et de responsabilité individuelle, et semé dans les classes ouvrières tant de germes de convoitise, d'appétits matériels et d'aspirations au bien-être sans travail, qu'au jour de la lutte contre l'ennemi de la France, l'honneur du nom français et le vieil amour de la patrie avaient disparu des âmes; et que les armes confiées aux mains vigoureuses des légions de travailleurs qui peuplent les villes ne furent saisies par eux que dans l'intention criminelle de s'en servir pour le triomphe de leurs passions perturbatrices, et de les tourner contre la patrie pour consommer sa ruine commencée par l'étranger.

O frère d'infortune, quel spectacle navrant pour l'homme qui a prêché pendant tant d'années, avec conviction et espérance, l'union de l'ordre avec la liberté, que celui où ses regards ne rencontrent plus que la dictature et l'anarchie, sous lesquelles des hommes pervers, étrangers à la France, ou qui sont la honte du nom français, avilissent, souillent et profanent le drapeau de la République!

A l'aspect d'une telle orgie, d'une telle démence, on se demande si les hommes horribles qui y présidaient et qui tuaient ainsi froidement la République et la liberté, étaient seulement égarés par quelque hallucination utopique, ou s'ils n'étaient pas plutôt les soldats salariés des conspirations clandestines que les despotes fomentent pour ressaisir le pouvoir ou écraser un peuple.

Convaincu qu'un long passé de luttes entièrement consacrées au service de la cause libérale contre le despotisme, à la défense du droit contre l'arbitraire, m'autorisait à parler avec indépendance et franchise à ces hommes égarés, ou perfides et traîtres, qui, en présence de la République qui fonctionne comme gouvernement de la France, combattent, égorgent, pillent et renversent au nom de la revendication de la République, j'ai proclamé hautement devant leur extravagance l'immensité et l'horreur de la contradiction où ils se complaisaient, et flétri leurs tentatives subversives de tout gouvernement, de tout ordre social.

C'est alors que j'ai appris qu'aucun mobile républicain ou libéral ne guidait leur étrange et hypocrite dictature ; qu'ils avaient banni de leur politique le droit, le devoir et la liberté, pour vivre d'arbitraire et de crimes ; et que leur but était d'atteindre, par le fer et le feu, la jouissance illimitée des plaisirs grossiers sur les ruines de la société. Et ma voix qui, confiante, ne s'élevait que pour les rappeler à la raison, les éclairer dans leur nuit et les exciter au respect du droit et de la justice, ils l'ont étouffée sous le verrou du cabanon où vient dormir le criminel ! Voilà ma récompense !

Mais le remords, qui traverse quelquefois, comme un éclair, les consciences coupables, les a poussés à me proposer ma liberté sur ma parole d'honneur que je quitterais immédiatement la France.

Moi, proscrit de France par des prétendus libéraux !

Oh ! non, ils ne sont que des despotes perfides.

J'acceptai, je jurai et me voici.

— Comment, lui dis-je, tu attaches une valeur quelconque à un serment arraché par la violence ?

— Oui, dit l'étranger ; pour moi le serment est un engagement pris sous le regard de Dieu ; c'est un acte sacré que j'avais la liberté de ne pas faire, et que je dois exécuter sous peine de parjure. Or, je ne répondrai pas, par un manquement à ma parole, à la violence qui m'a été faite par ces renégats. Je laisse à chacun la responsabilité de ses actions, et je ne donnerai pas, par un parjure, à ces anarchistes sanguinaires, le prétexte de refuser à d'autres innocents la liberté que j'ai obtenue.

J'ai choisi l'exil, j'en subirai les angoisses jusqu'au jour où ma chère patrie délivrée du despotisme de la rue, comme elle l'a été du despotisme du trône, aura trouvé les bases stables d'un gouvernement d'ordre et de liberté.

— La pureté des actes, répondis-je, est l'honneur de la vie, mais ta fidélité à un serment imposé par la force restera comme l'héroïsme de la probité et de la vertu. Nouveau Régulus, reçois mes félicitations. Heureux les peuples qui pourraient donner l'exemple de telles abnégations et de telles virilités ! Que ne sont-ils aussi nombreux que les sables de ces rivages !

Mais quand finira ton exil ? Quand viendra le jour de cette résurrection de la patrie que tu attends, que j'attends ? Crois-tu que la raison reprendra son empire et remplacera bientôt des ardeurs folles et anarchiques ? Crois-tu que les perturbateurs sentiront enfin le mal qu'ils font à la France et à la liberté, et qu'ils reprendront les instruments du travail ; et que les dédains imprudents de l'opulence pour les classes ouvrières, qui ont soulevé leur irritation et des désirs désordonnés de représailles, feront place aux sentiments de bienveillance, de charité, de justice et de fraternité pratique qui seuls peuvent cimenter une sérieuse réconciliation ?

— Je crois, me répondit-il, que la France sortira bientôt libre des chaînes où l'ont attachée tant de passions, d'imprévoyance et d'actes criminels. Je crois que l'orage qui a brisé ses forces et bouleversé sa société dégradée n'est que temporaire, et que bientôt le soleil des libres institutions et des libertés sages, un moment voilé sous le deuil national, dissipera l'ombre et dessillera les yeux des séditieux vulgaires qui tentent d'égarer la pensée publique dans des voies sans issues. Je crois à la sagesse de la majorité du peuple dans l'œuvre de l'organisation gouvernementale, et j'ai quitté la France plein d'espoir de la voir bientôt bannir de toutes les couches sociales les utopies qui abreuvent la force brutale d'illusions trompeuses, et rentrer dans les sentiers qui conduisent à la restauration de sa prospérité.

— Dieu t'entende, lui dis-je, et exauce des espérances si patriotiques ! Mais, loin de la patrie, je n'ai pu respirer encore cet air de confiance qui t'anime. Hélas ! les passions politiques désarment difficilement ; et surtout en France, le fanatisme de parti sacrifie, sans remords, la sécurité publique au triomphe de son égoïsme.

Où donc, cher proscrit, s'est réfugié l'ardent et fier amour de la patrie ? Où, l'abnégation et le patriotisme ?

— Chassez de votre pensée, reprit l'étranger, ces désespoirs exclusifs. Je respecte votre scepticisme, mais je ne le partage pas. Non, la France ne périra pas !

Au spectacle des orgies accomplies à l'ombre de la force et de l'intimidation, on gémit sur des malheurs passagers. Mais cet état fiévreux et troublé des esprits ne peut durer longtemps ; la raison publique doit en effacer promptement l'image lugubre, et j'ai confiance qu'elle y parviendra.

La France électorale, jusqu'ici indifférente et laissant faire en matière politique, est devenue, par cette inertie, complice inconsciente de l'intrigue audacieuse qui en a fait sa victime. Qu'elle secoue désormais cette coupable apathie ; qu'elle ait souci de ses intérêts politiques, et le despotisme, pas plus que l'anarchie, ne pourra plus compromettre ses destinées !

— Je voudrais, lui dis-je, saluer ces consolantes considérations comme des bases sérieuses d'espoir. Mais j'ai collaboré à tant d'efforts impuissants dans ce noble but ; j'ai vu tant d'hommes supérieurs s'user à ce travail de Sisyphe, que je n'ose envisager l'avenir avec la confiance ferme que me verse ton cœur. En France, toutes les formes de gouvernement ont été pratiquées, et tu reconnaîtras qu'aucune n'a pu sortir victorieuse de l'épreuve du temps !

Dis-moi : as-tu médité sur la cause de cette douloureuse instabilité des institutions politiques d'une nation restée grande malgré ses revers ? As-tu trouvé, dans l'étude des ruines accumulées par chaque écroulement de l'édifice gouvernemental, la trace du principe de ces destructions ? Aurais-tu découvert, à la lumière des faits, quelque moyen de prévenir enfin ces catastrophes ?

Quelles que soient tes idées à cet égard et nos divergences de conceptions, rien ne me sera plus doux que d'entendre les considérations que t'inspire ton patriotisme éclairé par l'étude. Oh ! rien ne peut nous être indifférent quand il s'agit des intérêts de la patrie et de l'espérance de la revoir heureuse !

Parle, j'écoute !

— Je voudrais, reprit-il, posséder la science politique et le langage élevé, clair et précis des hommes d'État qui ont le plus illustré la tribune française, pour vous enchaîner, cher frère, par l'évidence des démonstrations, aux convictions inébranlables qui m'animent. Mais l'éloquence ne remplace pas la logique, et je serai heureux d'épancher simplement dans un cœur ami les pensées qui, fortifiées par un long examen des événements politiques contemporains, maintiennent ardent et lumineux au fond de mon âme l'espoir que la France sortira des désastres qui l'accablent, plus forte, plus homogène, plus radieuse et plus pure qu'elle ne le fut jamais, si elle sait asseoir à sa tête les institutions qui conviennent à ses aspirations, à ses intérêts.

En parlant ainsi, cher frère, de la patrie absente, nous vivrons de sa vie, nous souffrirons de ses souffrances, et nous calmerons les angoisses de l'exil en buvant ensemble à la coupe des espérances qui soutiennent contre toute défaillance le courage de ses enfants.

— Ton empressement à m'être agréable, lui dis-je, et ton profond amour de la France ont vivement touché mon cœur. Mais il se fait tard ; le repos est un besoin sacré après la fatigue, et nous remettrons à demain la continuation de nos entretiens.

II

A peine les premiers rayons du jour avaient-ils déchiré les ombres de la nuit et éclairé de leurs feux les crêtes de nos falaises, que mon cher proscrit était sorti de ma cabane, et que, assis sur la roche solitaire qui me servait d'observatoire, il contemplait l'immensité de la mer, dont les flots tumultueux, en ce moment soulevés par l'ouragan, lui apparaissaient comme l'image de la patrie troublée.

— Que votre présence, me dit-il, en me voyant arriver près de lui, me délivre d'une tristesse qui, au spectacle de cette mer courroucée, envahissait mon âme ! Parlons de cette mer agitée aussi qu'on appelle notre chère France, mais ne faisons pas de comparaison insensée. Non, son esprit n'a point cette mobilité des flots, et ce n'est point là qu'il faut chercher la cause de ses commotions périodiques. Elle n'est point ingouvernable.

III

Je reprends le cours de nos entretiens.

— Des hommes de talent et de savoir, cher hôte, découragés

par cette instabilité des institutions politiques de la France, ont fini par proclamer qu'elle est composée d'un peuple ingouvernable, rebelle à toute autorité régulière, et qui a mérité de sentir, comme un châtiment de la providence, le poids du despotisme qu'il vient de subir pendant vingt années, et qui l'a conduit aux épreuves douloureuses qu'il vient de traverser.

Ainsi, pivotant sur l'esprit ardent et tourmenté d'un peuple incorrigible, la France serait éternellement condamnée à passer du *despotisme* du trône qui soulève les populations et engendre l'anarchie, à l'*anarchie* qui, ne respectant aucun principe social, se dégrade dans la licence, décourage les âmes, et amène le despotisme de la foule !

Ce sont là des erreurs d'appréciation et des affirmations gratuites et désolantes qu'aiment à propager les courtisans des pouvoirs absolus et du régime du bon plaisir.

Ces partisans avides des gouvernements pervers, dilapidateurs et corrompus, à l'ombre desquels ils dissimulent si facilement leurs turpitudes et couvrent de dorures et d'apparences trompeuses leur existence dépravée, détestent les gouvernements protecteurs des intérêts et des deniers du peuple ; les gouvernements qui, acceptant le contrôle sérieux des représentants du pays, vivent d'honneur et de loyauté et ne permettent plus aux dignitaires de scandaleuses sinécures de ruiner la France ! Alors, privés du luxe d'une vie sans nuages et d'une opulence sans travail, ils accumulent toutes les affirmations de la plus audacieuse calomnie et les éléments des plus perfides manœuvres, pour rejeter sur les populations elles-mêmes la responsabilité des malheurs que leurs corruptions ont déchaînés sur le pays.

Il est temps de déchirer ce voile infâme étendu par la ruse et la perfidie sur les yeux d'un grand peuple ; il est temps de travailler à dégager la vérité des ombres factices qui l'enveloppent. Et cette tâche s'impose comme un devoir à tout homme dévoué à l'honneur et à la prospérité de la France. J'y donnerai mon concours.

Fomenter par tous moyens les séditions et les perturbations sociales afin d'effrayer ce peuple si facile à tromper ; grandir ensuite les périls par des propagandes anarchiques, clandestinement salariées pour autoriser, par l'effroi général, l'avénement de la dictature présentée comme une nécessité et comme indispensable au retour de la sécurité publique ; puis user de ce pouvoir despotique pour confisquer toutes les libertés, fermer la bouche au droit et anéantir le contrôle, tels ont toujours été les moyens employés par les despotes et leur police ténébreuse pour monter à l'omnipotence du pouvoir et s'y maintenir par l'intimidation du trône aussi détestable que la terreur de la rue.

A peine l'effroi semé ainsi dans le peuple par l'or et la perfidie des intrigants a-t-il disparu, qu'il s'aperçoit de l'immense supercherie dont il a été le jouet, et qu'il voue haine à mort aux usurpateurs de ses droits.

De là les revendications perpétuelles du peuple luttant contre les compressions arbitraires de la force, jusqu'à ce que le droit légitime triomphe du fait imposé par la violence. De là les révolutions périodiques.

Est-ce au caractère du peuple français qu'on doit attribuer cet état de lutte et d'incertitude de l'avenir?

Non !

On aura beau essayer, par des conspirations de commande et de police soudoyées par le despotisme, de le faire passer aux yeux du monde pour un peuple de séditieux et de perturbateurs, afin de s'en autoriser pour l'écraser d'abus et le châtier comme un esclave, il restera toujours le peuple français, obéissant avec dignité et dévoué avec énergie à tout gouvernement juste et honnête, qui pratiquera le pouvoir en plaçant les intérêts de la patrie avant ses intérêts personnels, et en faisant régner partout le respect du droit, de la justice et de la liberté.

Permettez-moi, cher et bienveillant ami, de rappeler, par quelques considérations historiques qui me reviennent en mémoire, que les séditions qui ont si fréquemment troublé la France depuis 1789, ont eu ainsi plus souvent pour cause les abus, les perfidies, ou les imprévoyances des pouvoirs publics, que l'insubordination d'un peuple qu'on a pu égarer un moment par la ruse et l'intrigue, ou fourvoyer par le mensonge, mais qui restera quand même un peuple d'ordre, de génie et de loyauté.

IV

Oui, le peuple français, loin d'être *ingouvernable*, s'épuise depuis bientôt un siècle en vains et permanents efforts pour placer à sa tête, assis sur des bases stables, un gouvernement de progrès, qui marche à la liberté par la justice et la raison, qui, sourd aux excitations intéressées des courtisans, envisage froidement les intérêts et les besoins de la patrie, et sacrifie pour les satisfaire toute ambition personnelle et toute préoccupation qui n'aurait pas pour but le progrès de la prospérité nationale ; qui sache enfin, par son patriotisme sincère et sa loyauté, conquérir toutes les sympathies et enlever à la *révolution* tout prétexte de se perpétuer.

C'est dans ce noble but que ce peuple calomnié, que l'intrigue de parti aime à confondre avec ces perturbateurs cosmopolites, qui ne sont d'aucun peuple ni d'aucun parti, a fait, sans résistance et avec une imprudence dont il supporte aujourd'hui les effets funestes, le sacrifice de ses droits, de ses libertés et de tout contrôle, en conférant servilement à un pouvoir qui avait usurpé sa confiance, la tutelle absolue de ses plus graves intérêts, comme il est arrivé sous le second Empire.

Pauvre peuple ! en abdiquant ainsi, dans un but de sécurité publique, tout ce qui constitue la personnalité politique du citoyen, il avait l'espoir que ce pouvoir serait probe, vigilant, tutélaire et patriotique, et assurerait le développement de la prospérité nationale.

A quoi ont abouti tant de confiance, d'abandon et de crédulité?

A donner le vertige aux hommes du pouvoir; à leur inspirer l'idée que l'autorité du prince n'avait plus d'autre limite que son bon plaisir, et qu'il pouvait tailler à merci un peuple asservi à sa volonté, et à l'enivrer de cette illusion, audacieusement grossie par la meute des flatteurs, que quarante millions d'âmes n'auraient plus d'autre volonté que sa propre volonté, d'autre Dieu que son omnipotence, et d'autre loi que l'effluve de ses désirs souverains.

Voilà, cher hôte, le triste spectacle donné au monde par l'histoire du despotisme et, chez nous, par les empires napoléoniens.

En fortifiant, par une adhésion formidable, dans les mains d'un Bonaparte la puissance et l'étendue du pouvoir suprême, la France avait compté sur le retour de l'ordre, de la prospérité et de la paix publique. Qu'a-t-elle récolté pour prix de tant d'abnégation?

Elle n'a récolté que l'arbitraire, la pratique de tous les abus administratifs, les scandales du népotisme, la corruption des mœurs, l'avilissement des consciences, l'énervement des caractères, l'agiotage sous toutes ses formes, les gaspillages financiers, et, pour couronnement, la guerre criminelle et désastreuse qui vient de moissonner la jeunesse française.

Si depuis trois quarts de siècle la France marche sans relâche vers la *démocratie*, ce mouvement, qui frappe tous les yeux qui restent ouverts à la lumière, est dû au découragement qu'elle éprouve à chercher en vain, dans les différentes formes monarchiques qu'elle a tentées, un gouvernement dont la voix repousse et condamne hautement tous ces abus, et dont les actes défient toute défaillance à cet égard. Et ce mouvement l'entraîne vers la forme républicaine.

Or les pouvoirs monarchiques continuent à se prélasser dans l'idée qu'ils peuvent régner encore, en faisant obstacle à ce flot formidable qui monte sans cesse, au lieu de s'attacher à trouver les moyens d'en modérer la fureur pour éviter les désastres qu'il peut semer sur sa route. C'est une illusion que des commotions perpétuelles devraient enfin dissiper.

La France, si fatalement éprouvée, ne pourra-t-elle jamais voir briller à sa tête l'autorité vénérable et pure d'un gouvernement patriotique et libéral? Ne verra-t-elle jamais le trésor de ses destinées confié à des hommes d'un noble caractère, qui soient sans passion de parti comme sans haine personnelle, et qui ne poursuivent pas d'autre but que le triomphe et le règne de la justice et du droit? Cherchera-t-elle toujours dans la *forme* du pouvoir la stabilité de ses institutions politiques, qui ne peut se trouver que dans leur parfaite harmonie avec le caractère et les aspirations du pays? Si elle n'a pu trouver jusqu'ici cette harmonie nécessaire, ni sous la forme monarchique, ni sous la forme républicaine, ne pourrait-elle pas la rencontrer enfin dans un éclectisme rationnel, intelligent et sage des institutions pratiquées par elle sous ces diverses formes dans le cours des siècles?

Je crois à cette possibilité. Je crois que c'est en coordonnant et en réformant ces volumineuses institutions, dont chacune a eu sa raison d'être, dans un système gouvernemental conforme aux exigences que le temps et les progrès du développement intellectuel des peuples commandent de respecter, que les législateurs arriveront à fonder en France la stabilité et la puissance du gouvernement. Je crois que la France, après avoir grandi, forte et respectée, à l'ombre d'une monarchie quinze fois séculaire, n'est point condamnée à rouler ainsi, de révolution en révolution, jusqu'au dernier degré d'une honteuse décadence, sans jamais trouver la base stable de son développement régulier.

Mais quels sont les conditions et les éléments constitutifs de ce gouvernement de fusion et d'harmonie, si nécessaire aujourd'hui à la pacification et à la réorganisation de la France? Sous quelle forme doit-il apparaître pour concilier l'ordre avec la liberté, et pour rester exempt des écarts et des nécessités qui rendent la forme absolutiste et personnelle du pouvoir, si impopulaire et si funeste dans les sociétés modernes?

Permettez-moi, cher ami, de chercher avec vous, en interrogeant votre grande expérience, les réponses les plus satisfaisantes à ces importantes questions.

V

Avant 1789, le peuple français, façonné aux traditions, aux lois et aux mœurs de la monarchie héréditaire, vénérait dans le souverain la personnification de toute autorité civile dans l'État.

Indifférent aux dépravations qui, trop souvent, souillaient la vie des princes et assombrissaient les splendeurs du trône, il bénissait la main qui lui assurait des jours pleins de calme et de bien-être, de paix et de sécurité. Ignorant ses droits naturels et chrétiens à la liberté et à l'égalité civile et politique, sans ambition du pouvoir ou du privilége des grands, et habitué à la frugalité et à la simplicité d'une existence toute patriarcale, il naissait, vivait, élevait sa famille et mourait comme ses ancêtres, heureux de couler des jours exempts des soucis de l'envie et des tribulations qui ont envahi son âme depuis que, à la lumière des travaux philosophiques des *seizième, dix-septième et dix-huitième siècles*, il a acquis la notion de ses droits de citoyen et qu'il a entendu en revendiquer l'exercice.

C'est alors que commencent ces tempêtes de l'âme et ces bouillonnements des passions politiques qui vont livrer aux mœurs et aux traditions d'une vie paisible et d'une monarchie qui se croyait éternelle un assaut formidable !

Il était, en effet, inévitable, pour que le peuple, jaloux de son droit civique arrivât à en obtenir le libre exercice, qu'il s'opérât une complète transformation de l'ordre gouvernemental en France, comme elle s'était opérée à une autre époque en Angleterre, pour en faire un pays de liberté. Et ces ébranlements soudains, ces grands changements d'une situation politique séculaire ne devaient pas s'accomplir sans luttes, sans commotions violentes.

Cependant, grâce au caractère paternel, pacifique et généreux d'un roi, qui fit preuve d'un grand sens politique et d'une profonde sagesse en se prêtant loyalement à l'accomplissement de l'œuvre qui avait pour but l'affranchissement de son peuple, cette transformation avait commencé et se serait accomplie pacifiquement. Mais ce noble représentant d'une longue dynastie ne fut pas le maître d'arrêter les combats coupables qu'allaient se livrer, autour de son trône, le peuple et l'aristocratie ; combats dans lesquels le peuple, exaspéré par la résistance féodale et enivré par des succès acquis, allait étouffer et noyer dans le sang, aux lugubres journées de 1793, ses droits civiques et sa liberté.

Parvenu au rang de citoyen libre d'un grand pays par la transaction qui, comme un flambeau providentiel, avait éclairé et vivifié la conciliation des droits du peuple avec l'exercice de l'autorité royale, il allait, par ses excès, retourner à l'esclavage et tomber sous le despotisme barbare de la rue, couvert du sang d'un martyr ! Quelle leçon !

Si le peuple, en passant ainsi du servage à l'indépendance et à la liberté, et fier de son émancipation, eût tendu franchement la main et ouvert son cœur à un roi qui avait pris l'initiative de cette grande amélioration de son sort, et s'il eût entouré de sympathie son autorité qui, ayant pour frein les stipulations du pacte constitutionnel, ne conservait plus d'autres priviléges que ceux qui avaient été définis par ce contrat public, il eût assuré le développement régulier de ses droits et plus sûrement sauvegardé sa liberté. Mais méconnaissant l'étendue des *devoirs* que lui imposait l'exercice de ses nouveaux *droits*, il compromit les bienfaits de son émancipation dans des luttes insensées et sans issues.

Cette organisation constitutionnelle, relativement libérale au sortir des traditions séculaires de l'absolutisme, loyalement acceptée et pratiquée par la représentation nationale, comme elle l'eût été par le roi, eût assuré à la France une ère de prospérité et de grandeur sans taches par l'émulation du travail et le progrès intellectuel, et à la liberté son développement rationnel.

Mais les natures ardentes et témérairement ambitieuses, qui mettent leurs aspirations à la place du patriotisme, et dont les passions fiévreuses étouffent la raison, voyant le champ ouvert aux justes revendications, ne connurent plus de limites à leurs besoins de renversement; foulèrent aux pieds tout sentiment de la justice naturelle; formulèrent les prétentions les plus extravagantes; incriminèrent perfidement tous les actes de l'autorité constitutionnelle et du roi ; travestirent ses intentions ; ameutèrent contre l'ordre politique que venait de fonder la concorde de la France avec son roi : tous les mécontents, les perturbateurs de profession et ces hommes dépravés qui cherchent dans les troubles sociaux le moyen de boire à longs traits à la coupe de toutes les jouissances matérielles; rêvèrent l'organisation d'une société fantaisiste, édifiée sur la ruine de tous les principes sociaux, pour la mettre à la place de la société fondée par la nécessité et le travail séculaire de l'humanité; condamnèrent, comme désormais inutiles à cet ordre nouveau, les bases essentielles de la famille, de la propriété, de la religion, de l'autorité et de la justice, comme si un peuple pouvait se maintenir, vivre et prospérer sans elles; et enfin agirent de telle sorte que leurs utopies et leurs aspirations insensées, réprouvées par l'intelligence de la nation, trouvèrent, dans les éternels ennemis du progrès et de la liberté, des hommes qui en revendiquèrent, les armes à la main, l'impossible application, et qui jetèrent, par leurs crimes et leurs cruautés, sur cette brillante aurore de la liberté ce voile de sang et de deuil qui en éclipsa les rayons pour produire cette nuit lugubre et longue où périrent en même temps ces utopies et la liberté!

Voilà où conduisent les excès de la démagogie; voilà à quels résultats négatifs et lamentables, à quelle réaction formidable aboutissent infailliblement les licences politiques et les folies de l'esprit, quand la raison se tait ou sommeille; quand les passions violentes méconnaissent la nature de la liberté philosophique, et ne poursuivent que la possession des droits sans devoirs ; et quand l'autorité, profanée et conquise par les crimes de la force brutale, se constitue instrument de despotisme et d'arbitraire.

Les Assemblées nationale et législative qui n'avaient pu résister à cette tempête grandissante, que leur imprévoyance avait déchaînée contre les institutions politiques nouvelles, firent place à la Convention qui servit d'asile aux plus criminelles conspirations contre l'ordre social et l'autorité constitutionnelle.

Elle brisa violemment l'harmonie des institutions constitutionnelles pour de simples suspicions, qui n'étaient que des prétextes ; outra ses droits et méconnut tout devoir ; anéantit toute liberté individuelle sous l'impudent prétexte de protéger la justice et la liberté; et honteuse de forfaits que de grands actes d'améliorations publiques accomplis par elle furent impuissants à absoudre, elle confia au Directoire et à ses conseils la mission de panser les blessures faites à la patrie.

Mais ce nouveau despotisme, après avoir semé la corruption des mœurs dans toutes les couches de la société et maintenu la liberté en esclavage, toujours sous l'hypocrite prétexte de la protéger, fut balayé lui-même par le sabre d'un soldat heureux, et le Consulat remplaça le Directoire.

Le Consulat ne fut pour Bonaparte que le surnumérariat de l'empire césarien qu'il rêvait.

Voyant la France sans gouvernement définitif, sans autorité stable, déchirée par les partis et voguant sans boussole sur les flots soulevés des passions populaires, il resta convaincu qu'elle appartiendrait, en cet état, à celui qui aurait dans le cœur l'audace de César, et dans la main la force militaire. Aussi, fou d'ambition, enivré de la gloire dont l'avait entouré le sort heureux des batailles, ébloui par les perspectives séduisantes de pouvoir inaugurer en France, sur les ruines de la monarchie séculaire et de la république, le gouvernement du césarisme romain, système monarchique nouveau pour elle, et d'y fonder la dynastie plébéienne de sa famille, il n'hésita pas à immoler la République qu'il avait juré de maintenir et d'organiser, pour s'asseoir par la force du sabre, avec le sceptre despotique des empereurs romains, sur le trône de Henri IV et de saint Louis.

C'était au sein des camps que les despotes de Rome cherchaient leurs couronnes : Bonaparte, lui, força les grands corps de l'État, qu'il savait séduire par la ruse, l'intimidation et la corruption, à lui placer sur la tête celle qui devait être le signe de l'asservissement de la patrie et de l'absolutisme du pouvoir.

Porté tout à coup, par le souffle de cette fortune subite, du bivouac des camps au trône de France, il s'y fortifia, comme dans une citadelle, par les institutions les plus despotiques; établit sur la pensée du peuple une oppression formidable; organisa cette vaste machine du *fonctionnairisme* servile, intimidateur, arbitraire et grassement salarié, qui condamna, par la crainte, des populations tremblantes à tout approuver et subir; entoura ce trône de parvenu, qui eût dû rester simple, des dignités grotesques dont les tyrans orientaux se plaisent à peupler leurs Cours fastueuses; et, sous le fardeau des charges publiques, creusa promptement un lit vaste et profond au torrent qui allait entraîner vers l'abîme les ressources et la fortune de la France.

Oui, cher ami, cette ruine de la patrie devait se dissimuler quelque temps sous les splendeurs apparentes d'une situation factice. Mais un despote élevé au pouvoir suprême par la guerre ne peut s'y maintenir que par la guerre, qui, suspendant éternellement la pensée publique à l'espérance de la victoire et à la crainte de la défaite, enlève à la saine appréciation des faits le calme qui lui est nécessaire, et favorise largement l'accomplissement de tous les forfaits du pouvoir.

C'est ainsi que la France, qui avait honteusement immolé, pour prix de son émancipation, le prince qui la lui avait constitutionnellement accordée et garantie, sous le seul soupçon qu'il conspirait contre la liberté, quand son seul crime était d'être le représentant d'une monarchie illustrée par les siècles, en était réduite à obéir, en esclave, à la voix d'un soldat audacieux et à courber son front attristé devant les caprices d'un Corse dont elle s'était fait un maître.

Voilà à quelles contradictions, à quelle décadence, la logique inexorable des choses condamne un peuple, qui, dans l'ordre de ses intérêts politiques, n'accepte pas rigoureusement pour règle de conduite la voix de la sagesse et de la raison. Il immole un prince qui lui donne l'*indépendance* et la *liberté* qu'il désire, pour adorer ensuite, ou du moins tolérer le despotisme d'un parvenu qui lui ravit sa *liberté* et son *indépendance*.

Mais un système politique, basé sur l'arbitraire et les abus du pouvoir, ne dure pas, et la coupe devait se remplir.

Aussi la conscience publique, longtemps bouillonnante sous l'oppression de cet inexorable despotisme, se souleva un jour de colère et de dégoût contre ce destructeur d'hommes et de libertés. Et au premier souffle de l'orage qui ébranla les bases de cet impitoyable absolutisme, elle brisa les chaînes de son esclavage, prêta sa force à toutes les forces coalisées pour cette destruction, et laissa tomber du haut de sa gloire éphémère, sur un rocher perdu au milieu des mers, celui qui l'avait fascinée par son courage pour lui ravir ses libertés.

Pauvre liberté! seras-tu donc toujours incomprise et méconnue et la victime innocente des passions politiques!

Ce grand guerrier, qui se révéla grand administrateur, pouvait, en respectant les droits et en s'appuyant sur la raison, fonder en France le gouvernement du pays par le pays, et laisser dans ses souvenirs les impressions qu'y gravent, en passant, les bienfaiteurs de l'humanité. Mais, emporté par une ambition folle, et trompé par les courtisans, il préféra étouffer la voix; et sa chute colossale fut sa punition!

Que de fois dans le sublime silence de son asile solitaire il dut maudire la perfidie des flatteurs, qui couvraient de fleurs l'abîme creusé sous ses pas, et les illusions qui inspirent aux princes la pensée fatale qu'ils sont exempts des vices de l'humanité, et que, demi-dieux, leurs actes participent à la perfection divine!

C'est en présence des flots soulevés de l'Océan sans bornes qu'il dut comprendre que ce n'est pas par le luxe désordonné et l'exagération des splendeurs matérielles qu'on arrive à conquérir les cœurs et à fonder la prospérité de la patrie, mais bien par la moralité de la vie, l'exemple de la probité, le respect de la justice pour tous et la loyauté des actes!

Il tombait sous le poids de ses erreurs et de ses fautes, et le peuple ne précipita sa chute par aucune sédition. Ici encore il se contenta d'être indifférent après avoir été trompé dans sa confiance.

VI

La France, fatiguée de tant d'instabilité dans ses institutions politiques depuis la chute de son ancienne monarchie, ballottée de la monarchie absolue à la monarchie constitutionnelle de 1789, de la monarchie constitutionnelle à l'anarchie de la terreur, de cette anarchie à la république tyrannique et corruptrice, et du despotisme républicain à l'empire autoritaire et césarien, chercha la sécurité de son indépendance et la stabilité du gouvernement qui allait prendre la place de cet empire renversé, dans un système politique qui tiendrait à la fois de la république et de la monarchie, et qui serait la conciliation entre l'*autorité* et la *liberté*, acceptant les institutions républicaines sous la forme monarchique.

Pour obtenir ce résultat, il était essentiel de ne confier le pouvoir qu'aux mains d'un homme loyal et dévoué à l'œuvre de cette régénération gouvernementale, et qui eût un prestige suffisant par son indépendance et sa situation sociale pour faire triompher ce système politique de fusion auquel semblait attachée désormais la stabilité du gouvernement. Il s'agissait de trouver un prince qui accepterait la mission de protéger et de faire fleurir les institutions libérales.

Alors la France se souvint de ses anciens rois proscrits par la Révolution et l'Empire ; et Louis XVIII, leur représentant héréditaire, put rentrer dans le palais de ses ancêtres et relever une couronne transformée par un quart de siècle de luttes et de tâtonnements politiques qui avaient mûri dans le peuple le sentiment de son émancipation en même temps que l'amour de l'ordre par la liberté. Mais il ne pouvait remonter sur ce trône de ses pères sans donner à la France la garantie de ses droits civiques et de ses libertés et sans rompre la chaîne des traditions et des mœurs féodales ; car le souffle de l'indépendance et de l'égalité populaire devant la loi avait dispersé au loin la poussière des vieux errements monarchiques. Il avait vivifié la flamme du progrès libéral dans l'âme des citoyens pendant que grondaient les orages déchaînés par la licence de la Terreur et le despotisme de l'Empire ; et si ces orages avaient enveloppé un instant dans leur nuit et paralysé le développement des idées libérales, ils n'avaient pas réussi à en étouffer le germe ni à les éteindre.

Aussi le nouveau roi s'empressa-t-il d'octroyer à la France la Charte constitutionnelle.

Mais en faisant ce grand pas vers les nécessités de l'avenir il ne put chasser complétement de ses idées le souvenir des anciennes traditions monarchiques de sa race. Et de même que Phidias, après avoir enrichi Athènes de la merveille du Parthénon, dut compter sur la reconnaissance de ses concitoyens, ainsi Louis XVIII, représentant des rois qui avaient constitué, cimenté et maintenu l'unité de la nation française, compta sur sa gratitude pour s'arroger le droit, tout en reconnaissant et sanctionnant l'émancipation et les libertés du peuple, de renouer sans interruption la chaîne de l'hérédité dynastique ; de reconnaître au fils du roi-martyr la fiction d'un règne, en succédant à Louis XVI sous le nom de Louis XVIII, et d'octroyer au peuple français, de sa volonté spontanée, une constitution libérale et propre à satisfaire aux aspirations nationales.

Il limitait lui-même et définissait les droits de la couronne pour qu'ils ne le fussent pas par l'initiative du peuple, et sauvegardait le prestige royal en se soumettant loyalement aux nécessités politiques de son époque.

Cette conduite, aussi sage que généreuse, devait enfin assurer le repos de la France ; car il était sans importance pour le peuple que cette constitution fût imposée par lui au pouvoir, ou qu'elle lui fût octroyée par l'initiative du souverain, du moment qu'elle consacrait le fait de son émancipation et la garantie de ses libertés. Ce qui l'intéressait particulièrement était de rentrer dans le libre exercice de ses droits de citoyen confisqués par l'Empire.

Il était encore loin d'être arrivé à l'idée d'élire lui-même le chef de l'État, comme aux États-Unis d'Amérique; mais il était très-attaché à la ferme volonté de circonscrire les droits du pouvoir suprême dans des limites constitutionnelles propres à garantir l'indépendance, la liberté et l'honneur de la patrie.

La Constitution, octroyée sous le nom de *Charte* le 4 juin 1814, répondit à ses espérances. Elle forma un lien précis entre la nation et son roi, et fut le contrat public et synallagmatique qui, loyalement exécuté des deux parts, devait mettre un terme aux perturbations politiques, comme une transaction civile met fin aux procès privés. Elle consacrait, d'une manière alors satisfaisante, le gouvernement du pays par le pays; et elle l'eût réalisé si le droit électoral eût été plus largement octroyé, et si l'un des rouages du pouvoir législatif, *la Chambre des pairs*, n'eût pas été soustrait au vote populaire.

Cependant, par le grand fait de l'application de ce système politique, confié aux mains de la royauté, la France était rentrée dans l'ère des gouvernements populaires; et la Charte de 1814, perfectible suivant la marche du développement intellectuel, comme tout ce qui est humain, devait conduire la France progressivement à la prospérité par le rayonnement des libertés sages et les pratiques franches du gouvernement représentatif.

Mais les hommes d'État, chargés de cette mission d'apaisement social, perdirent de vue l'importance qu'il y a, pour la stabilité des institutions politiques d'un pays à suivre, en le modérant, le mouvement de l'opinion publique. Cependant il ne fallait pour cela que de la prévoyance et de la sagesse chez le souverain, et de la droiture, de la modération et un grand sens politique chez les ministres, nautoniers responsables d'un vaisseau tourmenté par les flots.

C'est ce qui faisait dire à M. Jouffroy en 1827, en parlant de ce système politique :

« Nous n'avons connu que la fausse république; si la véritable « vaut mieux que la monarchie, ce qui est une question, quelque

« jour une autre révolution nous la donnera : mais elle passe la
« portée de celle-ci.

« Celle-ci finira par un *compromis* entre le principe monarchique « et le principe républicain, c'est-à-dire entre l'ordre et la liberté.

« C'est à ce compromis qu'ont aspiré l'un après l'autre, dans « l'intérêt de leur conservation, tous les pouvoirs qui se sont succédé « depuis le 9 *thermidor*. Toutes les constitutions qu'ils nous ont « données n'ont été que des ébauches plus ou moins imparfaites « de ce traité définitif.

« Aussi ces constitutions successives de plus en plus sages ont-« elles été de plus en plus durables. La Constitution de l'an III alla « quatre ans ; celle de l'an VIII, cinq ans ; celle de l'Empire, dix ans ; « et voilà treize ans que la Charte subsiste.

« La première ne donnait pas assez à l'ordre : elle périt par la « licence.

« Les deux suivantes lui donnaient trop : le despotisme les tua.

« La Charte a fait les parts avec plus de bon sens.

« Si elle n'est point le traité de pacification attendu, et qui clora « la révolution, elle lui ressemble infiniment. Avec un peu de « prudence dans ceux qui gouvernent, nul doute qu'elle ne le « devienne.

« Quoi qu'il en soit, nous oscillons autour du point de repos ; et « à voir la lenteur de ces oscillations, il est évident que nous en « sommes tout près, et que, incessamment, le pendule de la révo-« lution s'arrêtera.

« La masse de la nation est assise, et si bien assise qu'elle « méprise tout le mouvement qu'on se donne pour la mettre en « branle.

« Les hardiesses du pouvoir ne peuvent compromettre que « lui. »

Hélas ! cher et bienveillant hôte, vous le savez mieux que personne, ces hardiesses ne tardèrent pas à se produire, malgré la prudence, la sagesse et la volonté de faire le bien qui caractérisaient le successeur de Louis XVIII. Des ministres imprévoyants, en portant la main, en 1830, sur le pacte constitutionnel pour arrêter le courant libéral qui débordait de toutes parts, et qui dépassait trop souvent les limites de la raison et du droit, au lieu d'en laisser la responsabilité et le devoir aux pouvoirs législatifs qui pouvaient seuls modifier la Charte, commirent un attentat dont la dynastie devait être la victime. Se dressant seuls devant le torrent de ces eaux tumultueuses, ils crurent, par ce coup d'audace, en calmer la fureur. Mais le flot, plus fort que l'obstacle placé sur son cours, renversa le trône et continua sa marche !

L'humanité est comme l'arbre géant des forêts dont les rameaux grandissent et se développent incessamment sous la vigueur et l'abondance d'une séve inépuisable : elle inonde de sa séve bouillonnante toutes les veines du corps social, et y nourrit des ardeurs et des besoins qui produisent dans la vie des peuples des ébranlements et des explosions que le véritable homme d'État doit savoir prévoir et prévenir en s'attachant à les modérer par sa sagesse.

Le pouvoir qui se confie à cet égard à la violence se précipite aux catastrophes.

C'est ce qui arriva. Et le compromis attendu, et si sagement indiqué par le profond penseur que j'ai cité, parut relégué encore bien loin dans l'avenir. Mais l'esprit du peuple, que quinze années de gouvernement représentatif et parlementaire avaient initié au jeu des institutions libérales, s'était attaché avec fermeté à cette forme du pouvoir ; prévoyait qu'elle pourrait lui amener la conciliation de l'*ordre* avec la *liberté*, et s'opposait à toute action politique rétrograde. Il venait de prouver par le renversement du trône ce qu'il en coûtait pour violer ses droits.

VII

Malgré le trouble social momentané et inhérent à des événements politiques tels que ceux qui venaient de priver la France de son gouvernement, elle ne se laissa pas détourner de la voie où elle semblait voir la pacification nationale et l'union des partis.

La réaction pas plus que la démagogie ne la fascina.

Craignant également le retour du despotisme impérial et le retour du despotisme démagogique, elle s'attacha avec persévérance à restaurer, sur des bases améliorées, le régime parlementaire qui venait de disparaître par la faute du pouvoir. Fonder sincèrement par la sagesse de la loi et la probité des hommes, sous la vieille forme nationale de la monarchie, le gouvernement du *pays* par le *pays*, dont les principes venaient de recevoir, sous le règne déchu, une première application, fut, à cette vacance du trône, le vœu de la grande majorité du peuple.

Mais en présence de la chute d'une dynastie qui ne laissait pour représentant héréditaire qu'un enfant, et pour perspective de gouvernement qu'une régence, si impopulaire en France, et dont le souvenir a laissé des pages si tristes dans son histoire, le peuple jugea que cette régence serait une source de discordes et de révolutions, et surtout un obstacle insurmontable à la consolidation et au perfectionnement de la monarchie représentative et parlementaire.

En repoussant l'hérédité royale et dynastique, il allait sortir du droit constitutionnel, abrogé du reste par les événements, pour rentrer dans l'exercice de sa souveraineté politique ; mais il y voyait le salut des institutions qu'il croyait conformes aux aspirations de la France, et il n'hésita pas.

Le trône de la vieille dynastie française, déjà transformé sous l'Empire en trône césarien, allait être transformé en trône de la démocratie, où tout citoyen, choisi par le peuple, aurait droit de s'asseoir ; et les institutions démocratiques allaient être confiées à la loyauté d'un roi élu.

Mais la France allait-elle chercher ce dépositaire du pouvoir suprême en dehors de son ancienne dynastie ?

Non. Elle comprit que, d'ici longtemps encore, on n'aurait pas l'idée qu'on pût constituer la monarchie sans un prince à sa tête.

Cher ami, je parle avec toute la franchise de l'homme qui ne cherche qu'à découvrir sous les ruines du passé la vérité de l'avenir. Or j'avoue sincèrement que, si les descendants des anciennes dynasties n'ont pas plus que les autres citoyens le monopole de la science politique, ni le privilége des connaissances et des qualités propres à gouverner sagement les peuples ; s'ils ne doivent leur renommée, à cet égard, quand ils en obtiennent une, qu'à un heureux naturel, leur intelligence, leur esprit d'ordre et leur expérience des faits, cependant, nés dans un milieu tout saturé d'atmosphère politique où, depuis leur naissance, ils n'ont respiré que l'amour et les ardeurs des choses gouvernementales, ils apparaissent aux populations comme plus aptes que les autres citoyens à la mission difficile de gouverner l'État.

Issus de famille dont la généalogie s'étend, comme une vaste chaîne et sans interruption, depuis l'origine de la nation jusqu'à nos jours, ils resteront, quoi qu'on fasse, quand ils ne s'en seront pas rendus personnellement indignes, la personnification la plus antique, la plus vraie et la plus élevée du nom français. Ils conserveront, dans les sentiments des populations, un prestige de grandeur et d'autorité que tous les efforts contraires ne détruiront pas, tant que la France ne sera pas convertie à la démocratie pure par le long travail des siècles.

Et voilà pourquoi, en 1830, il était impossible de chercher à établir un gouvernement libéral sous la forme démocratique de la république.

En constituant donc la monarchie représentative et parlementaire sous l'autorité d'un prince libéral tel que le duc d'Orléans, l'on fit un grand pas vers le *compromis* qui doit consacrer la fusion de la république et de la monarchie, de l'ordre et de la liberté.

Ce prince, qui prit le nom de Louis-Philippe, appartenait à la dynastie séculaire qui venait de perdre la couronne, sans être son représentant héréditaire. Il n'arrivait donc au trône que par application du principe de la souveraineté du peuple qui préférait à la république les institutions libérales confiées à l'autorité d'un prince de son choix. Et ce choix tomba sur Louis-Philippe, parce qu'il avait fait preuve de hautes capacités politiques; qu'il avait une longue expérience des hommes et des choses, et que sa vie, depuis les combats de Valmy et de Jemmapes, où son courage le plaça à vingt ans au rang des plus vaillants capitaines, s'était écoulée au sein de la France franchement attachée au développement du progrès libéral.

Connu de tous pour son esprit pénétrant, sagace et conciliant; pour son libéralisme basé sur le respect du droit et de l'ordre public; pour son dévouement à la paix internationale; pour ses mœurs pleines de dignité, d'austérité et de bienveillance, qui entretenaient au foyer domestique, sous la surveillance vigilante d'une mère pieuse, toutes les joies et toutes les harmonies de la famille, il méritait ce choix et cette distinction publique.

Aussi les représentants du pays, dans leur séance du 7 août 1830, après avoir établi par une déclaration formelle les principes de la nouvelle constitution qui devait régir la France, décidèrent-ils que le duc d'Orléans serait appelé au trône de France, et à souscrire préalablement, par son serment, la fidèle exécution de cette constitution qui serait désormais la *Charte* de son gouvernement.

En répondant à cet appel, il prêta en ces termes le serment qui lui était demandé :

« En présence de Dieu je jure d'observer fidèlement la Charte « constitutionnelle avec les modifications exprimées dans la déclaration ; de ne gouverner que par les lois et selon les lois ; de « faire rendre bonne et exacte justice à chacun selon son droit ; « et d'agir en toute chose dans la seule vue de l'intérêt, du bon- « heur et de la gloire du peuple français. »

Il fut proclamé roi le 9 août, et le 14 du même mois il promulguait le texte de la Charte pour être exécuté comme loi de l'État.

Cette Charte, qui consacrait les principes démocratiques de :

L'égalité devant la loi ;

L'inviolabilité du domicile et de la propriété ;

La liberté religieuse ;

La liberté de la presse ;

La liberté des opinions ;

La liberté électorale dans les limites du cens ;

La responsabilité des ministres et l'inviolabilité du roi *qui régnait mais ne gouvernait pas ;*

L'initiative parlementaire, etc.,

donnait au peuple toutes les garanties de liberté et de sécurité qu'il pouvait désirer. Elle lui donnait les institutions de la république sous la forme monarchique. Cette organisation libérale, qui ne péchait que par la restriction apportée au droit électoral par le cens et par la nomination autoritaire de la Chambre des pairs, sembla bien près de réaliser le compromis si ardemment cherché par tous les hommes de cœur et de raison, afin de concilier l'*autorité* avec la *liberté*. Elle répondit aux aspirations de tous les vrais soldats des libertés pratiques, de tous les libéraux, monarchistes ou républicains, qui placent le respect de la justice et du droit pour tous et les bienfaits de la sécurité publique au-dessus des illusions des théories creuses de la politique, et avant les intérêts particuliers de coterie ou de parti.

Elle avait rallié en grande partie les hommes véritablement doués de désintéressement et de patriotisme, qui attachent plus d'importance au fond des institutions qu'à leur forme; qui comprennent qu'il importe peu que la forme du gouvernement soit monarchique ou républicaine, si les institutions qu'elle abrite et protége sont sages, libérales, populaires.

N'a-t-on pas vu le despotisme et le règne des abus s'abriter sous la forme républicaine? Pourquoi ne verrait-on pas fleurir la justice et la liberté sous la forme d'une monarchie représentative? N'était-ce pas aux abus et au despotisme de la première République que la France dut les orages de la Terreur et la tyrannie de l'Empire? Et ne valait-il pas mieux chercher dans cette *fusion* des institutions monarchiques et républicaines l'espoir d'asseoir l'ordre public sur une base stable par la conciliation de l'autorité avec la liberté?

Telle fut l'idée hautement patriotique qui prévalut en 1830 chez les hommes chargés de rétablir le pouvoir gouvernemental.

La France était donc arrivée par là à la réalisation de ce qu'on pouvait rêver de plus favorable au développement de sa prospérité. Et si cet ordre politique si rationnel eût été appuyé par la décentralisation administrative qui seule peut balancer et paralyser les excès anarchiques de la capitale, et servir de refuge au droit et à la liberté, il est incontestable qu'il eût doté la France de longs jours de calme, de prospérité et de gloire; et qu'à son ombre se seraient affermis le respect de l'autorité publique et les ardeurs du vrai patriotisme.

Malheureusement, en France, la centralisation traditionnelle a fait de Paris l'âme politique, commerciale et industrielle de la patrie; et quand la main de l'émeute ou du despotisme parvient à la saisir et à étouffer les battements de sa vie, aussitôt s'arrêtent tous les mouvements de la vie nationale, et les populations émues et dévoyées, n'ayant plus de boussole ni d'organisation, se laissent dominer par tous les vents de la ruse et de l'audace, et laissent sommeiller des forces qui maintiendraient la stabilité des institutions nationales contre les attaques des éternels ennemis de tout ordre et de toute autorité, qui sont toujours en infime minorité.

Avec la décentralisation bien comprise, et laissant toute puissance à l'unité nationale, cette minorité factieuse ne ferait plus la loi à la majorité. Il n'y a pas d'ordre social possible, ni de nationalité viable, si la volonté de la majorité, sincèrement exprimée, ne constitue pas la loi devant laquelle doit s'incliner la minorité, et toute préférence contraire disparaître. En dehors de ce principe, il n'y a plus que l'autorité révolutionnaire de la force brutale, c'est-à-dire le *despotisme*, d'où qu'il vienne ! Il n'y a plus que l'application sauvage de cette devise des tyrans : *la force prime le droit !*

Une démocratie, digne de ce nom, ne doit pas donner à l'absolutisme l'exemple de la violation du droit des majorités. Elle doit rester fermement attachée, au contraire, au respect de ce droit, quand même il lui serait défavorable, et attendre dignement de son évolution régulière le perfectionnement des institutions sociales et la faveur de mériter son choix.

Mais grâce à la centralisation, qui maintenait à la capitale la pensée qu'elle avait le monopole de l'opinion nationale, et qu'elle pouvait à son gré et suivant ses caprices renverser et restaurer les trônes, elle devint le refuge de tous les mécontentements politiques et l'arche d'alliance de toutes les forces coalisées pour détruire.

Le gouvernement si rationnel et si pacificateur de 1830 ne devait pas être exempt des attaques passionnées.

Les partis, dont le patriotisme n'a que l'ampleur de leurs désirs, en voyant s'élever un trône sur des bases nouvelles, propres à cimenter l'union salutaire entre les dissidences politiques, et en laissant au temps, à l'expérience et à l'opinion calme du peuple le soin de juger le nouveau système gouvernemental, sentirent qu'il obtiendrait promptement la consécration définitive de l'adhésion générale. Ils sentirent qu'ils allaient laisser grandir une force qu'ils ne pourraient plus vaincre, et ils s'attachèrent à la combattre.

Coalisés pour détruire, sauf à se combattre pour reconstituer, tous les partis se mirent immédiatement à l'œuvre, dans le but de dépopulariser le gouvernement par le mensonge, l'intrigue et les émeutes; de grouper contre le souverain, sorti du choix populaire, en un faisceau d'odieuses calomnies, toutes les fautes d'un père qui, égaré jadis dans les voies mauvaises d'une révolution dont il ne soupçonnait pas les écueils, avait été entraîné à s'associer à des actes criminels, mais dont la responsabilité lui est restée personnelle et ne pouvait atteindre le fils qui, le premier, les avait flétris.

La vérité historique, comme la justice de la critique politique, a déjà reconnu depuis longtemps combien la nature d'élite de Louis-Philippe le plaçait haut au-dessus de telles calomnies; combien, au contraire, il avait de mérite d'avoir traversé, au début de la vie, cette fournaise de crimes, de corruptions et d'orgies révolutionnaires sans y succomber et sans faillir, et d'avoir pratiqué dans la vie privée les vertus de bon citoyen, bon père, bon époux et d'homme de probité et d'honneur.

On n'en vit pas moins travailler à ébranler le trône constitutionnel :

1° Les légitimistes ou partisans de la branche aînée de l'ancienne dynastie qui venait de prendre la route de l'exil en laissant le pouvoir à terre aux mains d'une foule enivrée de son triomphe.

Ils voilaient leurs attaques sous le reproche adressé au nouveau roi d'avoir usurpé la couronne au lieu de placer sur le trône de ses pères l'enfant royal que des abdications officielles avaient fait l'héritier de cette couronne.

Ils oubliaient que les représentants de la France, qui disposaient du pouvoir abandonné dans l'émeute, voulaient désormais un souverain sorti du choix national, redevable de la couronne, non plus à l'hérédité qui impliquait un droit de propriété, mais à la France souveraine, et qui acceptât les liens du contrat constitutionnel qu'elle imposerait, et qu'ils ne laissaient à personne le droit de disposer du trône.

Ils avaient discuté successivement, dans leur souveraineté, les candidatures de Henri V, de Napoléon II, de la République pure et du duc d'Orléans, et leur choix s'était arrêté à la forme monarchique et au duc d'Orléans comme roi. S'il eût refusé cette couronne déférée par le peuple, qui peut affirmer que son refus eût profité à l'enfant royal ? Était-il le maître de l'imposer à la France malgré le vœu de ses représentants ?

Évidemment non. Et le reproche était injuste.

En déférant au vœu national, et en acceptant une couronne qui pouvait échoir au représentant du despotisme impérial, il faisait acte de bon citoyen; donnait une forme et toute sa force à l'autorité disparue; un chef à l'autorité protectrice de l'ordre public; un défenseur à la société attaquée de toutes parts; un terme à l'anarchie et un refuge à la loi.

Il pouvait croire qu'au spectacle de l'accomplissement loyal et urgent des devoirs qui lui étaient imposés, et qui avaient pour but de relever de la rue la couronne de France et d'en restaurer les splendeurs en la maintenant dans la famille de l'antique dynastie, les hostilités se calmeraient, et que le temps des réconciliations viendrait où, dans l'intérêt de la patrie et de la stabilité du gouvernement, fortifié par la liberté, tout dissentiment de famille disparaîtrait pour laisser place à l'harmonie des cordiales relations et à l'amour commun de la tranquillité et du salut de la France.

Mais ce parti, inexorable dans sa haine, ne cessa plus d'arracher quelques pierres à l'édifice où la France avait abrité ses libertés publiques.

2° Le clergé, qui, éclairé cependant par un passé lugubre, épousa en grande partie l'hostilité légitimiste, et ne conserva pas vis-à-vis du nouveau pouvoir la réserve et la mesure qui conviennent au caractère impartial, tolérant et conciliateur de sa mission religieuse.

Le clergé français qui est, sans contredit, le plus digne, le plus orthodoxe, le plus convaincu et le plus honorable de toute la catholicité, est le gardien né et autorisé du respect des lois éternelles de la morale publique, qui doit rayonner sans tache sur l'image de la loi civile. Aussi a-t-il le droit, comme tout citoyen, d'énergique censure à l'égard des actes officiels qui y porteraient atteinte. Mais quand le gouvernement, quelle que soit sa forme, respecte les principes sociaux, la justice et le droit, et s'efforce de développer dans l'esprit du peuple les sentiments de paix et de vertu qui honorent un règne, il doit seconder ses efforts et encourager son œuvre comme tout bon citoyen, avec franchise et loyauté.

Rêver le retour d'un passé disparu sous les tourmentes populaires ou de priviléges impossibles, serait méconnaître son temps et son devoir; faire obstacle au développement pacifique de libertés inévitables, et concourir à précipiter la patrie dans les voies ténébreuses des séditions politiques qui aboutissent à l'anarchie ou au despotisme.

3° Les démagogues, utopistes exaltés et radicaux, qui ne voient de gouvernement libéral que dans la *forme* de la *république*, et qui ne reconnaissent la *république* que dans l'instabilité du pouvoir et dans la mobilité des institutions sociales.

Ces adeptes d'un gouvernement imaginaire, dont ils voudraient chasser toute trace d'autorité dirigeante, et dont le mécanisme, établi avec des éléments diamétralement opposés aux conditions qui constituent le progrès humain, ne peut se mouvoir que dans leur esprit troublé, seront éternellement les obstacles les plus désespérants à l'avénement et à la permanence d'un gouvernement libéral, et à la marche régulière du progrès social par l'ordre et la raison. Pour eux, la souveraineté et les libertés du peuple signifient suppression de la famille, de la propriété, de la religion, de l'autorité.

N'ayant pas d'autre sentiment de la liberté que celui qui consiste à imposer, par la violence, sa volonté et ses caprices personnels à la volonté nationale, et à intimider pour régner, comme le tentaient toutes leurs séditions, ils ne sont que des tyrans déguisés en démocrates, cherchant à remplacer le despotisme du trône par le despotisme de la rue.

Ni l'un ni l'autre de ces despotismes ne peut être longtemps supporté par un peuple.

C'est pour cela que les républicains dignes de ce nom; les libéraux de conviction et de raison; les hommes qui cherchent, pour sauvegarder la liberté, des institutions qui durent; les hommes sages qui préfèrent le *fond* à la *forme*, la réalité à l'illusion, la liberté assise et pratique à la liberté vaporeuse et insaisissable, rêves d'aspirations insensées, se ralliaient à la forme du gouvernement parlementaire et représentatif, et ne se coalisaient pas contre lui.

4° Et les bonapartistes qui, oubliant les désastres que leur idole avait infligés à la France agonisante et écrasée sous son insatiable ambition, ne rêvaient que le retour de son despotisme et des opulentes sinécures de l'Empire.

Ils ne pouvaient comprendre que Napoléon II, roi fantaisiste de Rome, héritier du nom et des titres de son père, restât plus longtemps privé de la couronne de France. Plus audacieux et intrigants que nombreux, ils ne cessèrent d'apporter aux conspirations des autres partis contre Louis-Philippe le concours de leur perfidie.

En 1832, la mort de leur prétendant avait déconcerté leurs intrigues, et l'on devait espérer qu'ils allaient quitter les officines de conspirations.

Mais en France les partis n'abdiquent pas. Et l'appétit des charges et dignités qu'avaient si largement dotées, sous le premier Empire, les impôts et les sueurs de la patrie, étaient des stimulants que rien ne pouvait éteindre.

Un Napoléon mourait, un autre se présentait à sa place!

Louis-Napoléon Bonaparte, cousin du défunt et fils du roi de Hollande, né prince étranger, s'empressa d'élever la voix pour déclarer à l'Europe qu'il possédait un titre au royaume de France, titre par lequel Napoléon Ier lui avait donné sa couronne pour la recevoir à défaut de son fils.

Appuyé sur ce titre, par lequel un Corse, déchu de tout droit au trône, d'où l'avait chassé la voix de la France, lui léguait ce même droit comme une propriété, sans égard aux vœux du peuple, le nouveau prétendant consacra son existence à l'organisation des sociétés secrètes et des conspirations clandestines, à fomenter des séditions, et à prêter aux autres partis son concours actif pour le renversement de Louis-Philippe.

Il considérait le peuple français comme un troupeau qui peut être transmis d'un despote à un autre par le seul fait de leur volonté appuyée sur la force brutale.

Trouvant dans la bienveillance et la générosité du roi, dont il conspirait la chute, le moyen de séjourner en France en violation de la loi de proscription, au lieu de lui témoigner sa reconnaissance pour tant de condescendance et d'abnégation, il profitait audacieusement de ce séjour pour tramer ses complots contre le roi, sous la *sauvegarde* et l'*hospitalité* du roi !

Mettant en mouvement les sociétés secrètes, ennemies de la monarchie, et dans lesquelles des scélérats comme *Fieschi* le Corse et *Alibaud* venaient faire leur apprentissage d'assassins, ses partisans ne cessèrent de fomenter des attentats contre la vie du roi ; et lui-même, corrompant l'armée par les intrigues et les promesses grotesques de futures récompenses, pour la détourner de son devoir ; sacrifiant, sans souci, à ses criminelles tentatives la vie des hommes et la tranquillité publique ; brisant lui-même par le meurtre, sans aucun respect de la vie humaine, la résistance du soldat fidèle à son serment militaire, ce nouveau prétendant fut le plus acharné, en même temps que le plus ridicule ennemi du roi qui l'avait reçu. Il ne laissa échapper aucune occasion de lui livrer un combat de pygmée et de fou, jusqu'au jour où ses équipées bouffonnes de Strasbourg et de Boulogne posèrent en insensé, devant l'Europe, ce héros de l'ambition, de l'extravagance et du crime.

Ces attentats criminels furent-ils au moins punis suivant la rigueur des lois ? Cet audacieux conspirateur subit-il sous cette dynastie qu'il tentait de renverser le sort que le despotisme de son oncle avait infligé, sans preuve de culpabilité, au représentant de l'une des plus illustres familles de France, au duc d'Enghien ?

Non !

Il commettait ces attentats contre un roi qui n'avait au cœur que l'amour de son peuple, et la pensée que le temps dompterait cette folie de prétendant, et chasserait de son ambition l'idée de ces inutiles tentatives ; pour lequel le respect de la vie humaine était un culte qui s'affirmait chaque jour davantage par des actes officiels de clémence, et par des efforts permanents pour maintenir les bienfaits de la paix internationale, dont l'absence est toujours marquée par les boucheries de soldats qui viennent de couvrir la France de deuil. Et la prison fut le seul châtiment de tant d'attentats demandé aux juges par le ministère public.

Voilà où se recrutaient les soldats des séditions et des émeutes qui, à force de saper le trône, devaient le renverser comme ceux qui l'avaient précédé.

Voyons-nous chez les autres nations du monde des prétendants dynastiques s'unir aux perturbateurs abjects pour troubler l'ordre public et déchaîner les catastrophes dans lesquelles ils espèrent trouver une couronne, et qui n'atteignent que la patrie ?

Non ! jamais !

Et c'est au patriotisme, à l'abnégation de chacun dans l'intérêt de tous ; à l'union de toutes les forces nationales pour défendre la patrie menacée, que l'Angleterre, la Belgique, la Suisse, les États-Unis d'Amérique doivent la longue prospérité de leurs institutions libérales.

En outre, le gouvernement avait commis la faute d'essayer de s'attacher, soit par des faveurs, soit en les maintenant dans leurs emplois, la plupart des serviteurs de l'Empire et de la Restauration. Or, avoir l'espérance de convertir à sa cause des hommes qui avaient leur reconnaissance envers les gouvernements déchus, leurs amitiés, leurs relations longuement établies, et des attachements incontestables pour le passé, était une illusion que l'expérience aurait dû prévenir.

A un régime nouveau il faut des appuis nouveaux ; et tout gouvernement qui méconnaît cette vérité apprend bien vite qu'il a livré la place à l'ennemi, et ne tarde pas d'en être dupe.

Il est incontestable que si le patriotisme et le dévouement à la tranquillité de l'État avaient été, après 1830, le caractère des partis français, la France fût promptement arrivée à perfectionner des institutions qui étaient alors conformes à ses aspirations ; à donner à la liberté tout l'épanouissement dont elle était susceptible ; à consolider l'ordre et la sécurité publique, et à acclimater sérieusement sur son sol le gouvernement du *pays* par le *pays*.

Mais le mépris avec lequel les partis traitaient les intérêts généraux de la patrie pour faire prédominer leurs passions personnelles, paralysa incessamment la marche de ce progrès national.

Malgré cet océan d'intrigues et de coalitions antipatriotiques au-dessus duquel voguait fermement, battu par tant de flots, le seul ordre politique qui pût assurer la paix internationale et le bien-être du peuple ; malgré les excitations quotidiennes d'une presse qui abusait de la liberté pour compromettre froidement, dans l'exagération et le travestissement des faits, l'intérêt supérieur de l'ordre social, le gouvernement parlementaire resta fidèle au pacte constitutionnel que ces attaques perfides le poussaient à violer. Au tocsin d'alarme sonné par la *presse*, il répondait par le maintien constitutionnel de la liberté de la *presse ;* et il se contentait d'en définir les délits par les fameuses *Lois* de septembre 1835, si audacieusement calomniées et travesties par les passions perturbatrices ; et par là, il exécutait les articles 7 et 69 de la Charte et ne les violait pas !

Combien de fois, cher frère d'infortune, ces contempteurs de tout droit, de toute autorité dont ils ne tiennent pas les rênes, ont-ils regretté ces lois de *septembre* qui ne faisaient que préciser l'exercice d'un droit, quand le second Empire, lui, plus audacieux, a étouffé sous l'arbitraire de ses caprices leur voix et celle de la *presse ?*

Qu'ils comparent les libertés qu'ils niaient alors et qu'ils ont détruites avec celles que leur a données l'Empire, et qu'ils disent si le Gouvernement de 1830 n'a pas respecté, lui, jusqu'au bout, les libertés constitutionnelles !

Cependant, ce gouvernement, resté ferme dans le respect du droit, malgré les tempêtes qui le battaient de toutes parts, et qui eût élevé la France, déjà régénérée, au rang des grandes destinées qu'elle doit atteindre malgré ses revers ; miné par le sophisme, la calomnie et l'intrigue qui égarent, à force de persévérance, la direction du génie du peuple, après avoir résisté aux plus violents assauts, trembla un jour au souffle d'un vent doux, et tomba.

Mais tombait-il, lui aussi, sous le poids de la répulsion nationale soulevée par la violation des lois et les abus du pouvoir ?

Non ! il tombait dans une embûche de partis ; par un coup de main de quelques factieux dont l'audace suppléait au nombre ; il tombait quand un acte d'énergique défense suffisait pour sauver le trône ! Il tombait pour ne pas faire couler le sang de sujets rebelles ! Mais il tombait fidèle à son serment, fidèle à la Charte, sur une simple question d'extension du droit électoral, dont les partis avaient pris prétexte pour soulever la meute des perturbateurs de profession.

Ce trouble soudain, qu'approuvaient des hommes qui voulaient la réforme électorale, mais qui étaient loin de désirer le renversement du pouvoir, apparut au roi comme le soulèvement de son peuple, pendant qu'il n'était qu'une infime manifestation, vomie par les sociétés secrètes dont j'ai parlé, et qu'une volonté ferme pouvait faire immédiatement rentrer sous terre.

Dominé par ses sentiments d'humanité, mal renseigné sur l'état des choses par des conseillers imprévoyants et sans courage, il crut que la voix de quelques égarés était la voix de la France ; et il préféra sacrifier sa couronne au salut de la vie des citoyens plutôt que de la défendre par les armes !

Il devait les prétextes de l'émeute à l'opiniâtre entêtement apporté par ses ministres, maîtres du pouvoir, à ne pas accorder l'extension du droit électoral. Car si l'opinion publique, qui savait la Constitution perfectible, demandait que le droit électoral fût accordé, sans égard aux impôts payés, *aux capacités*, c'est-à-dire, aux citoyens qui, par leur travail, leur intelligence et leur savoir, avaient obtenu des grades dans les diverses branches des connaissances humaines, elle n'avait nullement la pensée de vouloir un changement de gouvernement. Elle cherchait une amélioration et non une révolution.

Mais les partis qui la poussaient dans cette revendication fomentaient dans l'ombre leurs projets de renversement ; et, se faisant de la résistance des conseillers de la couronne des armes de combat, ils se glissèrent entre ces derniers et la nation pour attaquer et renverser le trône.

C'est ainsi que la ruse supplée à la force et dépasse les intentions quand tous les pouvoirs sont concentrés dans la capitale !

La réforme électorale réclamée était de toute justice, et très-populaire. Elle était conforme au véritable esprit des institutions représentatives, où l'intelligence et le talent doivent obtenir la première place. Or, il était étrange de voir que les premiers jurisconsultes, le plus illustre médecin, le plus savant membre de l'Institut, pussent être privés du droit d'*élire* ou d'être *élu*, par cela seul qu'ils ne possédaient pas la fortune légale !

Cette réforme, qui ne portait pas atteinte à la Constitution, n'était donc pas révolutionnaire ; et en la refusant avec persévérance, et en restant sourds à la voix du bon sens public, les ministres du roi donnèrent toute sa force à une émeute qui, sans cela, n'en avait pas.

Mais le roi *régnait et ne gouvernait pas ;* et la seule faute qu'il commit fut celle de ne pas renvoyer plus tôt dés conseillers imprévoyants, et qui se refusaient ainsi à reconnaître la marche du progrès dont ils avaient le devoir de protéger le développement.

Le peuple fut ici, par son égarement, le complice de ceux qui avaient juré haine à la liberté, et qui voulaient tuer les institutions qui semblaient propres à la populariser en France.

Hélas! leur triomphe et leur règne ont prouvé combien cette immolation a été complète, et comment les conspirateurs qui se disent éternellement les amis du peuple et les vengeurs de la violation du droit, trompent sa crédulité pour le conduire à la servitude d'abord, puis à la ruine nationale.

Voilà encore, cher hôte, le char de la liberté jeté hors de sa voie. Qui va l'y replacer ?

VIII

Une fois les institutions représentatives et parlementaires renversées, les partis, associés pour détruire et produire la ruine d'un trône, allaient se rencontrer sur le champ de bataille pour se disputer les fruits de la victoire. Et la France, la pauvre France ! toujours la victime meurtrie de ces luttes fratricides, dont les impôts payent les orgies, allait encore devenir le théâtre attristé des combats ardents, passionnés, sanglants des compétiteurs du pouvoir. Le parti bonapartiste, qui avait marqué son impatience par des traces de sang, se montrait le plus audacieux ; et sans attendre aucune abrogation des lois qui interdisaient la patrie à son chef, il paraissait dans l'arène, et préparait ses batteries.

Mais le parti républicain fut le plus vigilant pour saisir le pouvoir ; et il laissa pour partage à ses anciens complices de toute nuance une déception justement méritée, avec le droit de conspirer désormais contre lui. Car les conspirateurs déçus ne se découragent jamais et se remettent à l'œuvre. C'est ce qui arriva.

Ce fut donc la République qui remplaça la Monarchie représentative et parlementaire ; et, comme elle est, elle-même, le gouvernement représentatif et parlementaire, sous une forme différente de la monarchie, on put espérer que la liberté, échappée à l'étouffement du despotisme, allait retrouver ses droits et reprendre le cours de son développement régulier. La France, stupéfaite à la nouvelle de la chute d'un gouvernement qui lui avait procuré dix-huit années de paix, de tranquillité et de prospérité, craignit le retour d'une monarchie absolue, et ne douta pas que la République, qui est le gouvernement de tous par tous, ne lui assurât l'ordre et la tranquillité, si elle évitait de tomber dans les fautes de sa devancière. Elle en accepta l'épreuve.

Aussi, dans sa séance du 4 mai 1848, l'assemblée de ses représentants, où tous les partis avaient pris place, proclama-t-elle à l'unanimité la République, comme forme du gouvernement français.

Puis, tous les représentants, rangés devant le peuple sur les degrés extérieurs du palais Bourbon, la *saluèrent* comme nécessaire, indiscutable, pour sauver la France du despotisme de l'anarchie comme du despotisme du trône.

« Au nom de la France, s'écrie M. Berger, l'un des représentants, l'Assemblée conjure les Français de toutes les opinions d'oublier d'anciens dissentiments, de ne plus former qu'une seule famille ! »

Sublime conseil, cher hôte, mais les partis sont sourds à la conciliation, même sur le terrain neutre de la République !

De même qu'ils s'étaient coalisés avec les républicains pour renverser Louis-Philippe, que chacun deux espérait remplacer, de même les bonapartistes, les légitimistes et les démagogues se ruèrent contre la République honnête pour la dépopulariser et paralyser son organisation. Qui dans la campagne, qui dans la ville, ils arrivèrent, par des moyens diamétralement opposés, à la faire haïr de la masse des populations rurales ; et les plus ardents contre elle furent ces démagogues anarchistes qui se disaient républicains, et qui n'étaient que des mercenaires à la solde des prétendants!

Tandis que des citoyens, aussi honorables que convaincus, plaidaient la cause de la liberté vraie, et démontraient qu'elle ne peut être utilement servie que par un gouvernement fondé sur le respect absolu de tous les principes sociaux, inscrits dans la conscience de l'humanité, les anarchistes, utopistes de toutes nuances, ennemis de toute autorité, se disant républicains sans pratiquer aucune des vertus sociales, semaient, dans toutes les couches de la société, le dégoût du gouvernement dont ils profanaient le nom ; et ils effrayaient les masses populaires, que le suffrage universel a faites maîtresses du pouvoir, tant par leurs prédications perturbatrices et insensées, que par les écarts de leur conduite, le spectacle de leurs mœurs corrompues, leurs fomentations clandestines de désordre, et leurs menaces et tentatives perpétuelles de luttes armées contre toute autorité constituée, même celle de la République.

A l'aspect de ces déchirements criminels qui remplissaient de clameurs et de violences le camp de la République, et qu'encourageaint les bonapartistes, pour y chercher les armes et les forces nécessaires au renversement qu'ils poursuivaient, la France restait émue ; ses populations, qui avaient cru trouver sur le terrain neutre de la République, la conciliation de tous les partis, voyant la guerre au sein de la République elle-même, perdirent l'espoir de la pacification si impatiemment attendue et le sentiment de leur sécurité ; elles tremblèrent à la pensée de voir bientôt sortir de ces luttes fratricides et sans but avoué la guerre civile et les ruines de la patrie; et, sous l'impression de cet effroi, qui les traversa comme un frisson de mort, cherchèrent un refuge contre cette lugubre perspective ; cédèrent à tous les vents des suggestions politiques qui voulurent exploiter leurs craintes exagérées; ouvrirent leurs âmes aux promesses trompeuses de l'intrigue, et préparèrent au despotisme, qui, se disant la force, leur promettait la sécurité et le bonheur, une facile victoire !

C'est ainsi qu'une poignée de brouillons politiques, d'hommes sans aveu, d'orateurs de carrefour, prêtèrent indirectement leur concours fiévreux aux bonapartistes pour renverser la République et tuer la liberté. Voilà comment ces contempteurs de toute société organisée détruisirent pour longtemps les bases des institutions libérales et populaires, sous l'hypocrite prétexte de combattre pour la liberté, et arrêtèrent tout à coup, dans l'esprit du peuple qui ne raisonne pas et ne juge de la bonté de l'arbre qu'aux fruits qu'il porte, les sympathies qu'il avait d'abord manifestées pour la République, et que la sagesse de son gouvernement n'eût fait que fortifier.

Ces faux républicains, ces incorrigibles annarchistes ne sentiront jamais, ils le prouvent aujourd'hui encore, qu'ils sont impuissants pour fonder un ordre politique sur la base de leur radicalisme. Ils refuseront de comprendre que la France, qui eût accepté la forme de la République avec des hommes comme le général Cavaignac, cet honnête, probe, libéral et vertueux citoyen, repoussera toujours l'application de leurs utopies.

A l'ombre du trouble que leurs extravagances avaient apporté dans les populations, comme dans les choses politiques, le parti bonapartiste manœuvra si bien que, trompant les uns, intimidant ou corrompant les autres, il réussit à faire monter au pouvoir suprême de la République Louis-Napoléon, son prétendant, si tristement célèbre par ses attentats et ses équipées folles sous le règne de Louis-Philippe.

La population française, voulant protester contre les entreprises de la démagogie, n'hésita pas à confier à ce représentant du despotisme la mission de ramener l'ordre troublé, et l'élection du 10 décembre n'eut pas d'autre but que cette protestation. Elle croyait assurer, par cette élection présidentielle, l'affermissement de l'ordre et de la liberté, tandis qu'elle ne préparait, avec un Bonaparte, qu'un 18 brumaire nouveau.

IX

Parvenu ainsi à la première charge de la République, comme jadis son oncle, celui qui n'avait vécu que de conspirations pour arriver à copier son despotisme, sentit qu'avec l'audace, l'or et la force armée dont il disposait, il pouvait réaliser les rêves de sa vie agitée. Sans égard pour les protestations libérales qui avaient rempli ses gémissements de l'exil, et qui n'étaient qu'une immense hypocrisie jetée sur ses aspirations absolutistes, comme un leurre pour fasciner les regards, maître de la République, il résolut de s'en faire un piédestal pour asseoir l'Empire.

On dirait, cher hôte, qu'en politique la droiture et la probité sont des vices, et la mauvaise foi triomphante une vertu!

Le président de la nouvelle République, en restant fidèle à son serment, et en pratiquant loyalement la Constitution commise à sa foi, à sa loyauté, eût procuré à la France de longs jours de calme et de sécurité; puisé, dans les sympathies des populations satisfaites, l'autorité nécessaire pour enchaîner l'émeute; imposé silence au langage des passions anarchiques, et accéléré le développement paisible des libertés publiques.

Mais ce n'était pas vers ces horizons, où rayonnait l'intérêt bien compris de la France, qu'il entendait diriger sa politique ténébreuse. Son intérêt personnel, celui de sa nombreuse et besoigneuse famille et de ses partisans sans fortune, devaient être l'objet de ses premières préoccupations. Depuis si longtemps qu'il berçait ce nombreux entourage d'espérances de richesses et de récompenses, le moment étant propice, il devait tenir parole. Faux soldat de la liberté, il ne s'en était servi que pour escalader le Pouvoir. Du moment qu'il y était parvenu, il entendait en user en maître!

Pouvant devenir un *Washington,* il aimait mieux la gloire d'un nouveau *Monk* avec les millions de la France!

S'il ne pouvait jeter le masque aussitôt après son élection, sans descendre encore dans l'opinion de l'Europe au-dessous du mépris que lui avaient mérité les folies de Strasbourg et de Boulogne, il pouvait du moins commencer de suite à miner sourdement, par l'intrigue et la calomnie, les bases de la République que l'intrigue et la calomnie lui avaient livrée, et se débarrasser insensiblement, par la corruption des mœurs électorales et des fonctionnaires, du contrôle que la Constitution lui imposait.

Tolérant perfidement les prédications les plus anarchiques de soi-disant républicains; s'en autorisant ensuite pour entourer les pouvoirs de l'État, dont il était le maître, d'une force armée considérable ; et montant, peu à peu, aux yeux de la France distraite, tous les degrés de la dictature, il lui montra le vaisseau de la République comme sérieusement engagé sur les écueils où l'avaient poussé ses démogagues de commande ; en saisit le gouvernail et promit de le faire parvenir à bon port. Mais, composant l'équipage de son entourage audacieux, et dévoué à seconder toutes ses perfidies, il souleva contre le navire les vagues déchaînées de cette mer politique ; fit retentir dans toute la France, par la voix d'agents que les conspirateurs savent si bien choisir, que la fureur des flots grandissait sans cesse et que le naufrage était proche ; profita de la terreur publique pour changer la direction suivie ; évita le port indiqué par la voix nationale, et ne suivit plus dans l'œuvre de son commandement que sa volonté, que son bon plaisir.

Il avait la force : que pouvait le droit?

Un homme de probité et d'honneur, que n'eussent guidé, comme Cavaignac, que l'intérêt du peuple, le souci de ses droits et l'amour de la Patrie, eût plutôt cessé de vivre que de monter ainsi, cyniquement, tous les degrés du parjure, et de tenter par la violence de la force brutale la confiscation du gouvernement et des libertés d'un peuple!

Bonaparte, lui, ne fut pas si scrupuleux. Sentant ses batteries ténébreuses prêtes pour donner l'assaut à la République et restaurer le despotisme de l'Empire, il porta la main sur la garde de son épée, donna l'ordre et tua la liberté !

Et la voix qui avait prononcé ces paroles solennelles sous les voûtes du vieux palais Bourbon, devant l'Assemblée des représentants de la France :

« Je jure de rester fidèle à la République démocratique, une « et indivisible, et de remplir les devoirs que m'impose la Con- « stitution. »

fut celle qui, le *2 décembre* 1851, donnait à des séides pervers, déguisés en généraux, l'ordre criminel de briser par la force des armes, que la France leur avait confiées pour sa défense, comme des assassins vulgaires, l'inviolabilité de la représentation nationale; de jeter dans les cachots, où croupissent des voleurs, des hommes tels que THIERS, BEDEAU, CHANGARNIER, DE LAMORICIÈRE, et de jouer ainsi, dans un coup de main destiné à satisfaire le caprice d'un intrigant, l'honneur et les destinées de la France!

Au bruit de cet attentat, mis à la place de l'appel au peuple, le peuple se lève pour revendiquer le respect du droit constitutionnel : le canon de l'homme de Boulogne lui répondit en le foudroyant!

Voilà, cher ami, un nouvel exemple *de la force primant le droit*, et qui, donné en France, se retournera plus tard contre elle, appliqué par l'étranger victorieux avec la barbarie des premiers âges de la société!

Et c'est un Bonaparte qui, après Moscou, après Waterloo, après Strasbourg, après Boulogne, a pu trouver en France des âmes assez corrompues, des hommes assez dégradés pour se prêter à de pareils attentats! Grâce à eux, un prince étranger au pays devient tout à coup le maître d'arrêter les progrès du droit politique et d'emprisonner la France!

Oh! il est des époques fatales où la main de la Providence semble s'appesantir sur les peuples comme pour les punir de leurs désordres!

Ici encore le peuple français ne doit point à un caractère insubordonné les troubles qui agitent la France. C'est une révolution de palais sortie de la lutte du despotisme contre la liberté, de l'homme autoritaire contre le droit du contrôle national.

Après ce crime politique, la France ne conserva plus que le droit de payer, et la liberté d'obéir!

X

Par suite de la réussite de ce coup d'État, l'Empire était fait.

Cependant nous allons voir que les hommes habitués aux conspirations et à parvenir à leurs fins par des voies ténébreuses, nourris de machiavélisme et identifiés par une longue vie aux pratiques de toutes les hypocrisies, couvriront encore de la forme républicaine les institutions autoritaires qu'ils vont exhumer du sein des ruines de l'Empire pour les imposer à la France. Cette fiction d'un gouvernement libéral, couvrant le despotisme, leur sembla nécessaire pour permettre à l'Empire de masser ses forces avant de passer le nouveau Rubicon qui séparait la terre de l'intolérable liberté de l'oasis verdoyante où devaient bientôt fleurir les plus luxuriantes corruptions et les plus larges jouissances des cours orientales.

Et c'était la France, naguère encore, sous sa monarchie citoyenne, si simple, si modeste, si austère dans ses mœurs, et si frugale dans sa vie, qui devait défrayer ces folies d'un trône !

Le coup d'Etat résonnait encore dans la conscience émue et courroucée de la Patrie, que des Français de distinction, mais qu'aveuglait une ambition insatiable d'honneurs et de dignités officielles, se jetaient dans les bras du parjure pour le féliciter de ses forfaits en voyant qu'il avait la force ; et aussitôt sa main criminelle en inscrivit les noms dans un décret qui était une nouvelle insulte au suffrage universel et à la France, et qui restera dans ses annales comme le pilori où l'histoire les recueillera pour les transmettre aux générations futures, avec la flétrissure d'avoir été complices d'un attentat qui a été la cause génératrice de la décadence de la patrie.

Oui, il reconstitua de sa propre autorité, sous le nom de *Commission consultative*, une fiction de la représentation de la France qu'il venait de chasser par le sabre !

Fort de ce concours honteux et inattendu, il impose à la France, par un autre décret du 2 décembre, l'ordre de ratifier ses forfaits en votant les bases constitutionnelles qui restauraient le despotisme de l'Empire. Et, pour briser toute résistance, il place ses séides arrogants dans tous les emplois administratifs et dans les commandements militaires; promène, par leur intermédiaire assuré, la menace et l'intimidation sur les populations, tremblant devant des hommes qui avaient emprisonné les représentants du pays; leur impose l'ordre de ratifier par *oui* ou de repousser par *non*, sous le regard de ses agents, le crime qu'il venait de commettre, sans leur laisser le choix d'une autre solution ; et arrache ainsi à la France, par cette violence inouïe, l'approbation qui devait servir de base à la ruine de sa prospérité, de ses droits et de ses libertés.

Suspendue sur l'abîme, entre le despotisme du parjure et le despotisme de l'anarchie qu'il présentait menaçante, que pouvait la France ?

Hélas ! courber le front dans sa honte et pleurer ses malheurs !

Par la complicité et l'asservissement de chefs militaires, le despotisme allait faire de la glorieuse armée française, de la première armée du monde, une garde prétorienne, n'ayant plus d'autre souci que la sécurité d'un despote et de sa meute de courtisans fastueux ; épiant désormais leurs moindres caprices pour s'empresser de les satisfaire, sans égard aux intérêts supérieurs de la patrie, et arrivant de degré en degré à substituer dans son âme la passion de l'or et des jouissances matérielles qu'on lui prodigue aux vertus civiques, à l'austérité, au courage et à la fierté incorruptible qui avaient placé si haut, dans l'estime du monde entier, le patriotisme des soldats de la France.

Dans un décret du *5 décembre*, il fut prescrit que le soldat français, comme s'il n'était pas fils de la France, devait traiter ses frères, qui se lèveraient pour défendre le droit violé, avec toutes les rigueurs de la guerre, et que son action « *lui compterait comme* « *services de campagne !* »

Cette corruption officielle du sentiment le plus sacré du cœur humain ne fut pas vaine, et l'armée, s'endormant dans *les délices de Capoue*, quand elle n'avait pas à satisfaire les caprices du maître dans des guerres de fantaisie que payait toujours la fortune de la France, se trouva, au jour sérieux de la défense nationale, sans organisation, sans discipline, sans force !

Après quinze siècles de prospérité progressive et de gloire militaire, qui eût pensé, cher ami, que la main fatale d'un parvenu, à qui la fortune avait prodigué tous les pouvoirs et toutes les ressources nécessaires pour la prospérité d'un grand peuple, serait assez inepte pour jeter à terre, sans force et presque sans vie, dans l'espace de quelques mois, la grande nation française ?

Mais l'Empire ne pouvait pas conserver longtemps le manteau de la République, cette robe de Nessus, et, tout étant prêt pour franchir le Rubicon, le parjure le passa, appuyé sur les bras d'un Sénat qu'il avait institué pour être, au nom de la France, le grand sacrificateur de la liberté de la France !

« Le Sénat, disait-il aux adorateurs intéressés de ses forfaits, « ne sera pas, comme la Chambre des pairs, le pâle reflet de la « Chambre des députés, répétant, à quelques jours d'intervalle, « les mêmes discussions sur un autre ton. Il ne sera pas, comme « la Chambre des pairs, transformé en Cour de justice..... Il peut, « de concert avec le gouvernement (*pourquoi pas avec la France ?*), « modifier tout ce qui n'est pas fondamental dans la Constitu- « tion (1). »

Et la France de 1789, de 1814, de 1830 et de 1848, tremblante devant ces audaces, comme devant les menaces de malfaiteurs nocturnes, resta muette en présence de cette impudente calomnie !

Aussi, cher ami, la pauvre France devait bientôt voir à l'œuvre la grande indépendance de ce Sénat servile !

Placé comme un rouage législatif obligatoire entre la représentation nationale et le pouvoir exécutif, qui formaient les deux autres, il n'eut d'oreilles que pour écouter les ordres du parjure, dont il était la capricieuse personnification. Il ne fut plus, en effet, comme la Chambre des pairs, le soutien du Corps législatif pour sauvegarder les intérêts publics, ni le gardien attentif des libertés du peuple contre les entreprises arbitraires des pouvoirs dirigeants ; mais il fut constamment l'esclave du maître, et resta, pendant vingt années, l'écho fidèle et abject répétant la pensée du pouvoir personnel, son complice de tous les attentats contre les franchises populaires, et un obstacle permanent à ce que la voix du peuple, expression des besoins publics, reçût jamais satisfaction.

Ainsi, sur trois pouvoirs dont le concours était nécessaire pour la confection des lois, le chef de l'État en confisquait deux, et le peuple, qui paye l'impôt, n'en conservait qu'un, qui, grâce aux corruptions électorales, devait suivre l'exemple des deux autres.

En effet, le despotisme, voulant couvrir d'une auréole d'adhésion nationale la transformation progressive des institutions politiques, dont le dernier acte était la restauration de l'Empire, avait envisagé

(1) 20 janvier 1852.

avec effroi la redoutable épreuve du suffrage des citoyens, qu'il devait subir. Il savait que, malgré le servilisme administratif et l'intimidation dictatoriale qui lui était confiée, l'adhésion qu'il désirait formidable était douteuse, car la partie éclairée du peuple dédaigne l'intimidation et la menace qui ont pour but de substituer l'arbitraire au droit. Il s'agit donc de trouver un remède propre à surmonter cet obstacle, et on le cherchera dans les abus qui distinguent toute dictature, et dans la pratique du suffrage universel lui-même.

A des hommes façonnés à l'organisation de toutes les fraudes, le meilleur moyen parut être la concentration des suffrages sur un même nom. Mais cette concentration ne pouvait être obtenue que par l'intervention autoritaire de l'administration dans la direction de ce suffrage, et cela ne parut pas constituer une difficulté. On inventa la *candidature officielle* du gouvernement !

Or cette candidature ne fut autre chose que celle d'un homme qui, sans patriotisme, après avoir contracté avec le pouvoir l'obligation d'approuver tous ses actes, de satisfaire tous ses vœux sans égards aux intérêts particuliers du peuple, était imposé par l'administration au vote des populations avec un cynisme qui enlevait à ce vote toute liberté, et à l'élu tout caractère électif ; qui faisait de l'élu un simple employé salarié du pouvoir. S'il arrivait qu'un électeur bravât les regards intimidateurs de ces contempteurs officiels et arrogants de la liberté électorale, et fît acte d'indépendance, il perdait par là tout droit à la juste protection de la loi, et subissait désormais, dans sa vie privée, toutes les tracasseries et les vexations des administrateurs et employés, ne fussent-ils que gardes champêtres, pendant que les électeurs, docilement serviles au despotisme, avaient la certitude d'être protégés par lui jusque dans les plus graves écarts.

Les initiateurs de cette démoralisation du suffrage inspiraient facilement, par le spectacle navrant de l'oppression pour l'indépendance et des récompenses pour le servilisme, à la grande majorité du corps électoral, la soumission d'accepter leurs créatures et la consigne du soldat !

On voudrait, pour l'excuse de l'autorité gouvernementale, qui avait la prétention de baser sa force sur la manifestation libre et spontanée du suffrage populaire, que l'histoire ne pût attribuer cette longue violation du suffrage universel, transformé en comédie électorale, qu'au zèle toujours outrecuidant et exagéré des fonctionnaires. Mais il n'en était pas ainsi, et la violation de la liberté électorale fut érigée en système gouvernemental par le pouvoir, et elle forma un élément, indispensable au despotisme, pour asservir et ruiner la France.

En effet, le 20 janvier 1852, exploitant l'émotion publique pour poser les bases d'une politique de mensonge et d'hypocrisie, le ministre, organisateur du coup d'État, donnait l'ordre aux préfets, par une circulaire impudente, de choisir eux-mêmes les candidats aux fonctions électives, *afin que le gouvernement les recommandât aux électeurs*, et de ne pas faire tomber leur choix sur des hommes *politiques!* Ce qui voulait dire : *indépendants!*

Ainsi, cher ami, ce gouvernement du sabre, qui n'avait laissé au peuple qu'un droit : celui d'élire ses représentants pour défendre ses intérêts, le lui confisquait par l'intervention de la candidature officielle.

De sorte qu'avec :

« 1° L'esclavage officiel du fonctionnaire enchaîné à l'ordre du « despotisme, comme le soldat à sa consigne ;

« 2° Une consigne, qui l'enlevait à sa fonction spéciale, pour en « faire un agent électoral avec l'obligation, sous peine de graves « pénalités, de faire triompher la candidature officielle n'importe « par quels moyens ;

« 3° L'absolution des abus du fonctionnaire érigée en dogme « administratif, et l'infaillibilité de ses actions devenue une règle « d'ordre public ;

« 4° La certitude de révocation ou de disgrâce pour lui, en cas « d'échec du candidat officiel, afin de lui inspirer toutes les ardeurs « de l'arbitraire, et de briser souvent les protestations de sa « conscience indignée ; et, dans ce sens, le ministre menaçant le « préfet, le préfet surveillant le sous-préfet, celui-ci intimidant le « maire, le maire promenant sur tous les agents inférieurs, gardes « champêtres, cantonniers, facteurs, instituteurs, buralistes, auber- « gistes, la menace et l'intimidation dont il était le triste écho ;

« ceux-ci menaçant les populations de la sévérité de leur arbi-
« traire ;

« 5° Et le bureau électoral confié à la partialité et au bon plaisir « d'agents ainsi condamnés à faire triompher des candidatures « presque toujours étrangères à leur pays, »

La France n'avait plus du gouvernement représentatif que les apparences conservées par le despotisme pour fasciner les regards du peuple et couvrir d'un reflet de libéralisme menteur le pouvoir dictatorial et personnel le plus formidable qu'une nation puisse subir.

Voilà tout le mécanisme perfide au moyen duquel des hommes, qui sentaient l'impossibilité d'imposer leurs caprices à la France par les voies honnêtes, et, de même, l'impossibilité de supprimer tout à fait le droit électoral, arrivaient au but désiré en en confisquant la liberté et en en paralysant l'exercice. Et la France, a dit avec raison un publiciste, « *fut organisée pour vouloir ce que « voudrait le gouvernement, et ses diverses institutions n'eurent « pas d'autre but que de renvoyer l'écho de la parole impériale !* »

Oh ! cher hôte, ce triste spectacle, qui ne paraissait à beaucoup qu'un tournois entre le despotisme et la liberté, avait une bien plus grave portée : il était la source néfaste d'où devaient jaillir l'énervement et la démoralisation de la France ; car la nation qui perd la solidité de sa force morale, est une nation condamnée à la décadence physique et matérielle.

Dans cet enchaînement de fraudes et d'abus, l'électeur et le candidat indépendants élevaient-ils une protestation contre la violation du droit, la décision qui y répondait portait le cachet du même servilisme et semblait plutôt dictée par l'ordre du maître que par la conscience du juge (1). Et, dans toutes ses phases, l'élection n'était plus qu'une formalité menteuse, outrageante pour la liberté du citoyen et la dignité de la France, et qui, présentant à la conscience du peuple comme étant la probité, le droit et la justice, ce qu'il voyait bien n'être que la fraude de la justice et du

(1) Nous lisons dans un arrêt de la justice administrative que : « en admettant le fait de la substitution de bulletins de vote deux fois reprochées aux membres du bureau, l'élection qui en bénéficiait n'en était pas moins valable ! »

droit, avait pour effet de le familiariser avec les pratiques de la mauvaise foi, de le façonner au culte exclusif de l'égoïsme, de le conduire insensiblement à transiger avec la conscience et l'honneur, quand il s'agit du soin de ses intérêts matériels, et d'infiltrer dans son âme le poison des vices qui tuent l'énergie et tout sentiment généreux de fraternité et d'humanité.

Et quand le vent brûlant de cette corruption officielle a desséché la conscience et l'esprit d'un peuple, perverti ses mœurs et brisé sa foi politique et religieuse, il arrive à ne plus considérer l'autorité publique que comme la création éphémère de son caprice, et à ne plus croire ni au droit, ni à la justice, ni à la vertu, ni à la liberté, ni à Dieu. Il ne croit plus qu'à la force qui l'opprime et à la vengeance qu'il médite contre elle. C'est l'anarchie morale !

C'est sur ce terrain si bien préparé que le despotisme allait sacrifier ce qui restait à la France d'indépendance et de liberté. Les préfets imposèrent au servilisme des corps électifs provinciaux l'ordre de former des vœux pour la restauration de l'Empire, et le Sénat se fit immédiatement l'écho de ces vœux de commande.

Se prenant au sérieux, comme pouvoir représentant le peuple, pendant qu'il n'était que l'œuvre du caprice du maître, et faisant vibrer sous les voûtes du vieux *Luxembourg*, dans des discours d'adulation et de protestations grotesques, toutes les notes de l'enthousiasme servile, ce gardien vigilant du pacte constitutionnel et de la liberté, fidèle aux vœux de son idole, brisa lui-même, et renversa pour longtemps les dernières assises du gouvernement représentatif et parlementaire.

Deux jours suffirent à cette exécution, et le 5 novembre 1852 ne laissa plus à la France que le souvenir de ses libertés.

Après avoir ainsi fait proclamer l'Empire par la voix de ses propres créatures ; après avoir perverti, faussé et dégradé l'exercice du suffrage universel pour arriver à ses fins, et s'en être servi pour étouffer la vérité électorale, Bonaparte osait dire à ces hommes qui lui apportaient l'hommage honteux de leur servitude et de l'abaissement de l'esprit français :

« Que le nouveau gouvernement qu'ils venaient d'inaugurer « n'avait pas pour origine, comme tant d'autres dans l'histoire, la « violence, la conquête ou la ruse !

Quel langage cynique en présence du souvenir du 2 décembre ! Quel mépris de la dignité et de l'indépendance de la représentation nationale ! Et il se trouvait des Français pour l'applaudir !

Heureusement qu'il restait aussi des hommes de cœur et de probité, pour qui le *vice* reste le *vice*, et la *vertu* la *vertu*, et qui répondirent par leurs paroles comme par leurs longues protestations :

« Que cet ordre politique, produit de la ruse et de l'intrigue, ne « serait jamais : qu'*un gouvernement né de la violence et consa-* « *cré par la peur !* »

Et c'est là le jugement que rendra l'histoire.

Cette révolution est, certes, l'une des plus audacieuses qui se soient accomplies en France.

Et le peuple ici encore en était innocent, sans cesser d'en être la victime. Car ce gouvernement devait encore grandir en despotisme et en arbitraire. Quelle valeur avaient ensuite des plébiscites sur des faits ainsi accomplis ?

Aucune ! Ils manquaient de la garantie du *libre choix*.

XI

Permettez-moi, cher ami, d'épancher encore plus longuement mes pensées dans votre cœur, et de considérer le côté économique de cette révolution de palais.

Le despotisme ne peut vivre sans faste, sans éclat, sans guerre et sans entourage de courtisans et de dignitaires qui le distinguent des gouvernements démocratiques. Et, pour défrayer les énormes dépenses de ces inutilités, il a besoin de posséder l'omnipotence financière, comme il possédait l'absolutisme politique. Presque tous les hommes qui avaient attaché leur fortune à la réussite de l'entreprise impériale, et qui avaient sacrifié, dans ce but, leur honneur et leur patriotisme, attendaient la récompense, c'est-à-dire la fortune, les somptuosités de la vie et les dignités.

Ces nécessités commandaient donc une révolution économique,

qui faciliterait les spéculations et l'agiotage où chacun trouvera son compte.

Le despotisme l'inaugura, tous les pouvoirs lui étant asservis.

Dès le 5 janvier 1852, pendant que les énergies nationales, encore affaissées sous la stupéfaction d'événements si rapides, gardaient le silence autour de tous les actes d'une dictature sans vergogne, paraissait un décret qui, dans son omnipotence, supprimait les garanties que le gouvernement de Louis-Philippe et la République de 1848 avaient respectées et maintenues concernant le fait grave des concessions des grands travaux de l'État.

Ce décret despotique accordait au ministre des travaux publics, qui pouvait avoir un noble caractère, mais qui n'avait nul droit à cette immunité, la faculté de concéder directement et personnellement, sans aucun contrôle préalable des représentants du pays, comme sans concurrence, les immenses travaux publics, qui prendront, sous le bon plaisir du pouvoir personnel, de si formidables proportions.

C'était une partie de la fortune de la France livrée au hasard de la probité et de l'infaillibilité d'un seul homme, esclave des désirs du souverain. C'était la conscience la plus droite, jetée par le despotisme en pâture à toutes les tentations corruptrices de l'or et des jouissances matérielles, qui finiront par la séduire, et faire d'un homme probe un complice de fraude et de dilapidations financières. C'était la porte ouverte à tous les abus à l'ombre desquels on devait voir plus tard des fortunes scandaleuses subitement édifiées, des existences, naguère sans ressources, nager promptement dans les eaux du luxe et de l'opulence, et éclabousser les fortunes longuement édifiées par une vie de travail, d'ordre et de probité ; enfin les fraudes heureuses placées au niveau de l'honneur et du droit !

Les sourires de l'or sont si séduisants qu'il eût fallu au fonctionnaire intègre l'héroïsme de la vertu pour ne pas succomber à la vue et à l'offre des lourdes liasses d'actions libérées.

Pourquoi, dans un but évident de satisfaire des appétits impatients d'agiotage, rompre ainsi des traditions économiques qui s'imposent au respect comme à la dignité des pouvoirs publics ? Pourquoi ne pas suivre les voies loyales et rationnelles dans lesquelles avaient su se maintenir ceux qui les avaient précédés ?

C'est qu'ils pensaient que jamais ne sonnerait l'heure de la justice où la conscience publique retrouverait sa voix pour blâmer et flétrir les actes coupables. Ils croyaient à l'éternité de leur règne.

Le tuteur ne pourrait pas vendre légalement le moindre bien du mineur sans remplir les formalités de publicité et de concurrence qui assurent la loyauté et la sincérité de la vente sous les yeux de la justice ! Pourquoi donc, par un caprice du despotisme, le riche mineur, qu'on appelle la nation, serait-il privé de ces garanties du droit commun? Pourquoi ses immenses ressources, fruit des sueurs du peuple, seraient-elles ainsi livrées, sans contrôle ni sécurité, au bon plaisir d'un haut fonctionnaire ?

Ah ! c'est parce que le despotisme ne reconnaît d'autre loi que sa propre volonté, ni d'autre mobile d'action que son intérêt. *Sic volo, sic jubeo, sic pro ratione voluntas ;* telle est sa règle.

L'excellence de la concession des travaux publics par voie d'adjudication, avec concurrence, venait d'être consacrée d'une manière éclatante par un fait récent. En effet, les travaux du chemin de fer de Lyon à Avignon, relativement court, venaient d'être soumissionnés par la Compagnie, restée concessionnaire par voie de concurrence et d'adjudication publique, moyennant un rabais de *onze millions* de francs sur les prix soumis à cette concurrence ! Or, sous l'empire du décret despotique que je viens de citer, si un ministre, après avoir cédé ces travaux dans le silence du cabinet, était venu déclarer qu'il avait obtenu un rabais de *cinq millions*, n'aurait-il pas passé pour un homme intègre et tuteur vigilant des intérêts de l'État, tout en mettant partie des *six millions* de plus dans sa poche ? Oui, évidemment.

Et cependant l'État eût perdu *six millions* que la concurrence lui évitait.

Que d'immenses économies eût réalisées la France dans les *milliards* de travaux publics, ainsi concédés dans le silence du tête à tête ministériel pendant vingt années, si l'on n'avait pas fermé aux pratiques de ces concessions cette voie de la concurrence et du grand jour de la publicité que les susceptibilités de l'homme d'honneur, comme l'impulsion d'une conscience probe, commandaient de tenir toujours largement ouverte !

Que de *millions de francs* ainsi sacrifiés au favoritisme adulateur, contre lequel on discute mal les affaires d'intérêts, auraient pu être économisés sur les impôts du pays, pour être employés à maintenir dans le monde le prestige de la France et le rang qui lui appartient !

Que de soupçons et de calomnies, ainsi que de vérités, contre les pouvoirs publics, ont trouvé leur origine et leur justification dans ces pratiques arbitraires qui engageaient si témérairement et si clandestinement les ressources de la patrie !

Si la femme de César ne devait pas même être soupçonnée, le devoir d'un gouvernement soucieux de prendre racine dans les sympathies des peuples et dévoué aux intérêts publics qui lui sont confiés, est d'agir toujours et hautement suivant les règles de la plus franche probité, de façon à ne pouvoir jamais être soupçonné lui-même !

Ici son devoir était de respecter et de maintenir les traditions qu il brisait audacieusement dans des vues despotiques.

Quel intérêt avait ensuite la nation à ce que des concessions arrêtées personnellement par le pouvoir exécutif, et sans concurrence, fussent soumises à la ratification du pouvoir législatif, qui se trouvait ainsi en présence d'un fait accompli ?

Aucun. Ce pouvoir, comme je l'ai dit, était constitué de façon à vouloir ce que voulait le gouvernement ; il était un agent d'approbation sans contrôle ; et pendant dix-huit années il n'a jamais jeté bas le manteau de son servilisme !

Grâce à ces pratiques nouvelles, imposées à l'évolution économique et industrielle de la France par l'arbitraire et le bon plaisir, nous avons vu partout démolir et reconstruire les cités, concéder à des prix ruineux d'immenses étendues de routes et de chemins de fer ; livrer subitement pour le plaisir d'éprouver une idée, et sans transition, l'industrie nationale à la merci de la concurrence étrangère, sans comprendre que l'application du *libre-échange*, cette haute amélioration commerciale, ne doit être imposée à un peuple que lorsqu'il est préparé à la lutte, et pourvu des armes et des garanties nécessaires pour la soutenir ; et semer dans les campagnes les souffrances agricoles qu'a produites l'émigration des travailleurs ruraux vers les centres industriels et les grands salaires de ces travaux publics. Cependant l'agriculture eut le privilége de fixer l'attention du souverain ; mais ses bonnes intentions restaient toujours sans réalisation complète, grâce aux obstacles que rencontrait, dans un entourage fatal, toute amélioration sérieuse.

L'ineptie gouvernementale et militaire, et ces bouleversements économiques ont creusé, sous des apparences prospères, le gouffre où viennent de s'abîmer la grandeur et la fortune de la France. Quelle puissance financière pourra faire face à la liquidation hypothécaire et industrielle de ces périlleuses splendeurs ?

XII

Le despotisme, né de la violence, ne peut se perpétuer que par les abus de la force et la permanence de la guerre. La guerre, je le répète, est l'élément principal de son organisation. Il se délecte devant les carnages humains ; son plus grand bonheur est d'assister au spectacle des batailles où le plomb tue les citoyens. Il appelle cela de la gloire !

Aussi l'Empire, pour se glisser à la place de la République, avait eu beau répondre au grand citoyen qui vient de tenir dans sa main les destinées de la patrie, Thiers, *L'Empire c'est la paix,* quand il lui criait, *L'Empire c'est la guerre ;* il n'a pu se soustraire à cette fatalité du despotisme, et l'Empire n'a été qu'une suite non interrompue de guerres et de troubles internationaux, accomplis contre la volonté de la France par les caprices d'un seul homme et de ses courtisans avides et sans patriotisme ! Les guerres désastreuses pour nos finances, de *Crimée,* d'*Italie,* du *Mexique,* où les intérêts français n'avaient rien à voir, en furent la preuve lamentable.

Sans causes avouables, comme sans gloire, elles ont été l'origine de l'abaissement de la France en soulevant contre elle la conscience des peuples, et en la montrant à l'Europe comme ennemie de la paix et avide de conquêtes.

O fatale ambition ! si, du moins, tu ne perdais que ceux que tu ronges !

Mais ce despotisme devait avoir un terme, et l'esprit public devait retrouver enfin ses énergies disparues, et se soulever de dégoût et de colère contre un régime qui protégeait ainsi et si longtemps tant de corruptions et d'écarts administratifs et de défaillances judiciaires, et sous lequel on voyait si souvent le vice adulé et triomphant, l'immoralité fêtée, des injustices tolérées et approuvées, les dilapidations financières absoutes et l'asservissement des idées encouragé dans un but unique d'omnipotente domination et d'intérêt dynastique.

Les décembriseurs qui, devant l'affaissement d'un peuple tremblant sous le coup d'État, avaient cru qu'en tenant toujours l'épée suspendue sur sa tête ils assureraient l'éternité du règne de leur bon plaisir, furent stupéfaits et troublés à la vue de ce réveil national. Ils sentaient que, s'ils avaient pu dire à l'ombre de leur despotisme, comme Louis XIV, *la France c'est nous*, une telle omnipotence allait échapper à leur orgueil, et que ce monstrueux dédain du droit populaire ne rencontrait plus d'écho que dans la meute des flatteurs et des courtisans. Ils voyaient se déchaîner de plus en plus, contre leur échafaudage de fictions et de supercheries, la tempête que soulève, contre les mauvais gouvernements, le mécontentement des peuples écrasés de charges, de vexations et d'impôts. Ils voyaient grandir, comme une menace inexorable, le fantôme inconnu du *contrôle* qui allait porter ses regards sévères dans cette officine de malversations et de dilapidations ruineuses. Et devant ce torrent qui se gonfle, ils ne virent de salut pour eux que dans le fléau de la guerre, et la guerre fut de nouveau déchaînée sur la France.

Pauvre France ! qui n'avait le choix qu'entre la servitude du pouvoir et les désastres de la guerre !

Mais la guerre nécessite les emprunts d'Etat, les dépenses sans contrôle scrupuleux et suspend les hostilités qui poursuivent les pouvoirs prévaricateurs. Et, dans le trouble qu'elle sème partout, se dissimulent les forfaits des gouvernements pervers.

En présence de l'ineptie avec laquelle la guerre qui vient d'écraser la France fut déclarée, la conscience publique se refuse à lui donner une autre cause que celle que je viens d'indiquer : détourner l'attention publique !

Comment comprendre autrement, cher ami, qu'un homme d'Etat, l'œil fixé sur la situation militaire de la France, privée également de forces organisées et de matériel de guerre, eût été assez traître à sa patrie pour la lancer, ainsi désarmée, dans les éventualités d'une lutte dont le souvenir devait le rendre si prudent, s'il n'avait été poussé à cette extrémité par un mobile personnel ?

Oh ! que les peuples sont malheureux de ne pouvoir pas se gouverner eux-mêmes par l'union, la concorde, l'abnégation et la fraternité chrétienne ! Qu'ils sont malheureux de voir toujours leurs destinées suspendues au caprice d'un seul homme, quand il a été assez audacieux et fort pour briser le contrôle national ; quand, endormis et fascinés par les splendeurs superficielles des choses, ils se réveillent au bruit du canon et voient avec stupeur que ce despotisme, qui semblait la puissance, la force et le courage, n'est que la faiblesse, la lâcheté et le mensonge couvrant de fleurs l'abîme creusé sous leurs pas !

Mais cette guerre effroyable, déclarée à toute l'Allemagne par des hommes dont la plupart jouissent d'une renommée d'honorabilité sans tache et qui croyaient de bonne foi à la force de la France, tandis que les autres savaient que la France n'était pas en mesure de la soutenir, allait rendre sa liberté à la vérité captive et précipiter le dernier acte de cette longue tragédie gouvernementale ; car il n'allait plus suffire de dissimuler sous des fraudes et des fictions flamboyantes la réalité des faits. Aux forces allemandes coalisées, il n'allait plus suffire d'opposer les discours éloquents et sonores des flatteurs qui avaient si longtemps égaré la France, ni les affirmations séduisantes des proclamations impériales. A la force, au génie, à l'ordre et à la discipline militaires, au courage, il fallait opposer une armée qui possédât le courage, la force, la discipline, le génie, la science militaire, des armes perfectionnées et des chefs dignes de ce nom.

Où étaient ces éléments du triomphe ?

Mis en demeure, par cette audace criminelle, de justifier la réalité de sa puissance, si servilement exaltée, pour tromper le peuple, par une presse vénale et la complicité du *fonctionnairisme*, le despotisme se troubla, déchira ses masques et montra au monde étonné qu'il n'avait rien fait pour assurer la sécurité de la France qui lui avait prodigué son or et son sang, qu'il n'avait de génie que pour corrompre l'esprit public, afin de l'exploiter dans des vues personnelles, qu'il n'avait vécu que de fictions ; et que, sous des apparences de prospérité et de puissance nationales, n'existaient que le vide, la désorganisation de l'armée et l'absence de tout matériel de guerre digne de ce nom ; que toutes les ressources d'un grand peuple avaient coulé au sein du faste et des abus du pouvoir, comme les eaux d'un fleuve au sein de la mer, sans laisser d'autres traces que les souffrances de ceux qui payent l'impôt !

La France avait en vain sacrifié à ce régime, dans un but de grandeur nationale, sa *fortune* et sa *liberté !*

Mais la providence, cher et bienveillant hôte, ne permet pas que le mal soit éternel. Elle enchaîna ces contempteurs de tout droit, de toute justice, de toute liberté, qui avaient si souvent profané son nom en s'en faisant un appui pour parvenir à leur but, aux désastres qu'ils avaient déchaînés sur la France. Plus l'homme s'élève haut par la ruse, l'intrigue et l'oppression de la vérité, et plus sa chute est colossale et ignominieuse sous la main du destin vengeur.

Et l'on vit celui qui, avec le sceptre du despotisme, avait l'orgueil de braver l'Europe et la fatuité de croire que son nom suffisait pour faire trembler les trônes, rendre honteusement, au premier choc des armées, au lieu de vaincre ou de mourir, son épée avilie à l'ennemi qu'il avait provoqué, et lui livrer son armée qui, sans vivres comme sans armes perfectionnées, n'avait à lui opposer que son héroïque courage !

François Ier, soucieux de la grandeur de la France, avait au moins, dans sa défaite, sauvé son honneur ; Bonaparte, lui, perd tout, même l'honneur de la France, pour sauver sa fortune et sa vie !

Honte éternelle, remords sans fin aux hommes qui ont, pendant si longtemps, par intérêt sordide ou par fol orgueil des honneurs officiels, aidé le despotisme dans ses tristes exploits, et prostitué leur conscience dans ces machinations politiques qui ont abouti à l'assassinat de la France ! Que le sang innocent qu'elle vient de répandre, que les larmes de douleur et de deuil qu'elle pleurera si longtemps retombent sur eux ! Que les ruines qui couvrent son sol, que la désorganisation sociale qui étreint ses populations, restent gravées dans son souvenir pour porter aux générations futures la haine éternelle du despotisme et de tout régime rebelle au contrôle national !

Combien ici encore le caractère du peuple était innocent de l'immense catastrophe qui allait renverser le trône !

La France venait d'abdiquer, au lieu de paraître rebelle, sous les plus solennelles affirmations d'un avenir prospère, et ce, pour la dixième fois, ce qui lui restait de droit, de volonté et de liberté. Elle venait de donner au despotisme carte blanche, pouvoir absolu, pour lui assurer la paix et la sauver de la révolution imaginaire dont il l'effrayait, et elle recevait, en échange de cette confiance aveugle, la guerre, la ruine, la mort nationale !

Voilà le résultat du plébiscite de commande qui avait tant ému le monde ! Et voilà aussi par quelles phases, glorieuses ou tristes, a passé jusqu'à ce jour le progrès libéral en France !

XIII

Mais quel est l'enseignement qui jaillit, lumineux comme un éclair, des faits qui ont soutenu à travers les péripéties politiques que je viens de parcourir, l'évolution de la liberté ?

Ici se pressent, cher ami, les perplexités de l'avenir, les craintes de voir encore les législateurs, chargés de replacer sur ses bases, avec des garanties réelles de stabilité, la France abattue, céder aux passions de parti et méconnaître dans l'accomplissement de leur mission sublime les grandes leçons de l'histoire, les grands enseignements de l'époque moderne qui leur crient : que si la grande majorité des populations, qu'il ne faut jamais confondre avec le rebut de la société, est profondément attachée au règne de l'ordre, de la justice, du devoir, du respect de l'autorité, de la morale et de la religion, elle ne l'est pas moins à ses droits civiques, à son émancipation et à sa liberté ; et que tout pouvoir qui y porte longuement atteinte est infailliblement condamné à périr en imprimant à la France les secousses périodiques des troubles sociaux.

C'est pour avoir violé ces éléments éternels de toute société qui veut vivre ; pour avoir méconnu ces bases de toute harmonie sociale, que le despotisme du trône, pas plus que le despotisme de l'anarchie, n'a pu fonder l'ordre ni la stabilité dans les institutions politiques. C'est pour cette cause que la France n'a pu trouver la permanence de sa sécurité, de sa prospérité et la fin de la révolution qu'elle cherche à atteindre, ni dans la République, qui a toujours exagéré les droits au préjudice des devoirs, et poussé la liberté dans la licence ; ni dans la monarchie absolue, impériale ou césarienne, qui a toujours trop transformé le peuple en sujet, ses droits en devoirs, sa liberté en servilisme, l'autorité souveraine en despotisme. Et c'est encore parce que ni l'une ni l'autre n'a pris pour guide le flambeau de la sagesse et n'a sincèrement cherché la transaction qui doit cimenter, sous peine d'instabilité permanente, l'ordre et l'autorité avec la vraie liberté.

C'est à la Restauration que l'on doit d'avoir posé la première pierre destinée à l'édification de ce monument de constitution transactionnelle. Mais assaillie par les impatiences des soldats de l'absolutisme, elle ne sut pas résister à l'imprévoyance de conseillers imprudents, et, comme je l'ai dit, elle compromit dans l'émeute l'œuvre qui devait concilier l'ordre avec la liberté civile et religieuse.

Le gouvernement de Louis-Philippe, qui, en lui succédant, s'attacha avec sincérité à poursuivre cette conciliation indispensable entre l'*autorité* et la *liberté*, par le développement des institutions libérales du gouvernement représentatif et parlementaire, y serait arrivé sans les intrigues antipatriotiques que j'ai signalées.

L'enseignement qui résulte de tous ces faits ne laisse donc aucun doute sur l'inexorable nécessité de doter la France d'institutions qui consacrent définitivement l'union de la *liberté* avec l'*autorité*, se développant à l'ombre du respect de tous les principes sociaux.

Les épreuves terribles qu'elle vient de traverser seront-elles assez éloquentes pour rallier enfin, autour d'une mère meurtrie et agonisante, tous ses enfants dans un effort unique et fraternel de salut commun ? Vont-ils comprendre qu'il s'agit, non plus du triomphe d'un parti politique sur l'autre, mais de l'existence même de la patrie ? Vont-ils se montrer à la hauteur de ce grand devoir social et chrétien qui leur commande de briser avec abnégation et patriotisme toutes les dissidences politiques qui les ont si longtemps divisés, pour n'avoir plus d'autre ambition, d'autre volonté que celles de concourir, sans arrière-pensée, au rétablissement d'un gouvernement régulier, basé sur des institutions conformes aux aspirations de la majorité des citoyens, pour le soutenir ensuite dans l'œuvre de réorganisation de la puissance publique ?

Dieu le veuille et protége ainsi la résurrection de la France !

J'arrêterais ici ce trop long entretien, cher frère, si je ne sentais le besoin de vous dire combien j'ai foi dans cette résurrection, dans le retour certain de la grandeur de la patrie ; combien j'ai foi que la pensée publique, que le bon sens de tous vont sortir épurés et transfigurés de cette fournaise de désastres et d'épreuves qui a éclairé de ses lueurs sinistres les trames et les corruptions qui ont déchaîné le mal !

Pour moi, tout le problème qui porte cet avenir plein d'espérances consiste dans l'établissement en France d'un régime politique qui *close la révolution* en conciliant l'*autorité* avec la *liberté*.

Mais comment y parvenir ?

Quand un édifice est renversé par l'orage, ou détruit par la foudre, il est nécessaire, pour le rendre à sa première destination, de procéder à sa reconstruction. De même, en présence de la ruine d'institutions politiques qu'elle a sans cesse réformées et essayées et que le vent de la guerre vient de renverser, la France est appelée à porter promptement la main à la reconstruction de l'édifice de son gouvernement. Mais, s'il y a ici pour le monument politique, comme pour l'édifice matériel, diverses formes parmi lesquelles il est sage de choisir la meilleure, il n'y a, dans les deux cas, qu'un seul principe de solidité. Elevez un palais sur une base de sable mouvant, ou bien au mépris de la perpendicularité, et il sera détruit par le premier choc de la tempête. Cherchez de même la stabilité des institutions politiques de l'Etat dans leur forme gouvernementale plutôt que dans leur essence et dans leur parfaite concordance avec l'opinion de la majorité du peuple, et elles ne vivront pas !

Donc, faire prédominer le *fond* sur la *forme*, la raison sur le caprice ou la préférence personnelle, quand il s'agit d'instituer le gouvernement, est un devoir qui s'impose impérieusement au législateur qui veut accomplir une œuvre durable.

La forme du gouvernement s'impose par la force brutale et ne se soutient que par des expédients : le fond s'impose par l'assentiment public que le pouvoir n'écoute trop souvent que pour le corrompre et l'égarer, et sans lequel la forme ne dure pas.

Mais si la tranquillité, le bonheur futur de la France sont intimement liés à la solution du problème : de *l'union* de la *liberté* avec *l'autorité;* du respect, par les populations, des lois et des pouvoirs publics; de la conciliation de l'ordre avec l'exercice libre du droit civique, et du développement des idées morales et religieuses, qui fixent dans la conscience des masses les sentiments élevés du devoir, toute constitution qui consacrerait cette solution et qui garantirait ces principes devrait être acceptée par la nation, quelle que fût la forme, républicaine ou monarchique, sous laquelle elle organiserait le pouvoir.

Est-il donc impossible d'établir en France cette constitution salutaire, cette arche d'alliance et de stabilité?

Évidemment non, si tous les citoyens, dignes de ce nom, éclairés par la lumière des faits contemporains, conservent au cœur l'amour de la patrie et de la conservation nationale, font preuve de sagesse et de raison, et savent sacrifier, enfin, au salut de tous, leurs préférences et leurs divergences fatales sur la forme du pouvoir, et cet esprit de caste et de domination, source de division et de haine entre citoyens, qui a toujours compromis, depuis 1789, par intrigues ou par lutte ouverte, le développement de la grandeur et de la prospérité de la France.

Il suffit que tous, unis désormais par la nécessité absolue d'éviter la décadence dans laquelle les sauvages du XIXe siècle, soudoyés, comme des mercenaires lugubres, par les étrangers, cherchent à précipiter la France, pour se partager ses dépouilles sanglantes, réfléchissent au danger d'une plus longue division politique, se comptent, apprennent qu'ils sont l'immense majorité de la nation ; qu'ils représentent hautement le peuple français, et qu'ils peuvent être la force assurant éternellement le règne de l'ordre et des lois à l'ombre de la liberté; comprennent que la division enfante l'inertie réciproque, et que l'inertie des hommes d'ordre est l'arme la plus puissante des perturbateurs pour ruiner la société!

Le parti de l'ordre par la justice et la liberté, voilà le seul parti que devrait opposer la France au parti incorrigible du désordre et de l'anarchie, qui, ennemi de tout gouvernement, même de la république, n'a d'autre but que le pillage et l'assouvissement des passions grossières.

Mais, de toutes les constitutions politiques dont la France a fait l'infructueux essai, celle qui se rapproche le plus de la solution à laquelle j'attache mes espérances de salut social est, sans contredit, celle de 1830, pratiquée par le gouvernement de Louis-Philippe, réformée et améliorée suivant les exigences commandées par la marche du temps et les événements que nous venons de traverser.

Permettez-moi de m'arrêter sur cette idée.

XIV

Cette constitution, pour atteindre le but, en dehors duquel aujourd'hui tout est péril et catastrophes (aveugle qui ne le voit pas), devrait répondre aux mœurs, au caractère, aux aspirations et aux intérêts sérieux du peuple, sans égard à la forme du pouvoir à qui la pratique et l'exécution en seraient confiées.

Elle devrait consacrer les principes suivants :

« 1° La liberté individuelle et l'inviolabilité du domicile ;

« 2° La liberté religieuse et de conscience ;

« 3° La liberté d'enseignement à tous les degrés, le père de fa-
« mille étant seul intéressé à apprécier la meilleure instruction
« qu'il lui convient de donner à ses enfants, mais l'enseignement
« soumis au respect de la morale ;

« 4° La liberté d'association pour le travail, le commerce, l'in-
« dustrie ;

« 5° La liberté de la presse dans les limites du droit commun ;

« 6° L'égalité de tous les citoyens devant la loi ;

« 7° L'admissibilité de tous les citoyens aux emplois publics par « voie d'un concours désormais obligatoire pour chaque place va- « cante, sans égard aux grades universitaires des candidats ;

« 8° L'inviolabilité de la propriété, sauf pour le cas d'utilité pu- « blique moyennant indemnité ;

« 9° L'égalité des citoyens devant l'impôt qui devra être établi, « à cet égard, de façon à frapper la fortune mobilière, comme la « fortune immobilière (1) ;

« 10° La liberté des cultes sérieusement protégée par la loi ;

« 11° La séparation temporelle de l'Église et de l'État, et l'ins- « titution d'une *primatie* ecclésiastique à laquelle serait remis un « titre de rente sur l'État, représentant le montant du budget « actuel du culte catholique, dont la rente, touchée chaque année « par le primat, serait employée à la rétribution directe du clergé « français, et ce, comme représentant le capital dont il a été dépos- « sédé; pareille situation serait faite aux autres cultes reconnus, « s'ils avaient subi la même dépossession ;

« 12° L'obligation d'une loi pour établir l'impôt ;

« 13° Le pouvoir législatif délégué à deux Chambres : la « Chambre des *Députés*, et la Chambre du *Sénat*, nommées par le « suffrage des citoyens, savoir :

« Les députés par arrondissement et à raison d'un député pour « 45,000 habitants ;

« Et les sénateurs, à raison *d'un* par arrondissement ;

« 14° L'éligibilité fixée à vingt-cinq ans pour les députés, et « à quarante ans pour les sénateurs ;

« 15° Le droit électoral accordé à tout citoyen jouissant de ses « droits civils et politiques, âgé d'au moins vingt et un ans, et sa- « chant lire et écrire ;

« 16° Comme sanction à cette disposition, la confection des « listes électorales de chaque commune confiée au juge de paix, « assisté de son greffier et du premier conseiller municipal de la « commune, devant lesquels comparaîtrait tout citoyen qui vou- « drait être inscrit, pendant le séjour que cette commission serait

(1) Il n'est pas rare de voir des millionnaires qui, n'ayant que des capitaux, ne payent pas un centime d'impôt.

« tenue de faire dans la commune, afin de faire la preuve qu'il « remplit la condition exigée par la loi ;

« 17° Interdiction du droit de vote à tout citoyen qui aurait omis « de se faire inscrire, et obligation pour l'électeur d'apporter son « bulletin de vote, cacheté dans une enveloppe qui lui serait remise « en même temps que sa carte électorale ; tout bulletin devrait « être manuscrit (1) ; dix francs d'amende pour toute abstention « volontaire de voter ;

« 18° Fixation du vote à la commune sous la présidence du « doyen des électeurs inscrits, assisté des deux plus âgés et des « deux plus jeunes, qui devraient être prévenus d'avance ; droit à « eux conféré de choisir leur secrétaire ;

« 19° Inviolabilité des députés et des sénateurs pendant la « session ;

« 20° Incompatibilité de toute fonction publique salariée avec le « mandat de sénateur ou de député ;

« 21° La durée du mandat fixée à quatre ans ;

« 22° L'élection des Chambres fixée au vingtième jour avant « l'expiration du mandat, sans qu'il soit besoin de décret ; chaque « préfet donnerait d'office aux maires l'ordre d'y procéder ;

» 23° L'initiative parlementaire accordée aux deux Chambres « pour la présentation des lois, et à chacun de leurs membres, « suivant le règlement qui en serait fait ;

« 24° Le droit d'amendement accordé à chaque membre ;

« 25° Obligation de présenter toute loi d'impôt d'abord à la « Chambre des députés dont le rejet en arrête la discussion à la « Chambre des sénateurs ;

« 26° Droit de pétition, à l'une et l'autre Chambre, pour tous « les citoyens ;

« 27° Obligation, pour la validité du vote de la loi, que la moitié « des membres de la Chambre plus un ait été présente à la déli- « bération ;

« 28° Un pouvoir exécutif confié à un chef appelé : roi sous la « forme monarchique ; président, ou consul, sous la forme répu- « blicaine ; et empereur, sous la forme de la monarchie césarienne ;

(1) A ce moyen le suffrage universel pourrait être une vérité.

« 29° La personne du chef déclarée inviolable;

« 30° Des ministres ou conseillers, chargés de l'administration, « et qui, sous la monarchie libérale, doivent couvrir la personne du « roi, irresponsable de l'exécution des lois;

« 31° Responsabilité des ministres vis-à-vis de la Chambre des « députés qui, seule, par un refus de confiance, a le droit de les « renverser, et d'imposer au chef l'obligation de les remplacer par « d'autres, en concordance d'opinion avec la majorité de la « Chambre;

« 32° Le droit pour le pouvoir exécutif de présentation et d'amen- « dement des lois; de nommer à tous emplois publics; de faire tous « règlements d'administration, de faire exécuter les lois; de gérer « toutes les affaires de l'État et de percevoir l'impôt; de commander « l'armée et de dissoudre les Chambres avec la seule approbation « de l'une d'elles;

« 33° Le droit de *veto*, réservé au chef du pouvoir exécutif contre « toute loi; ce qui a pour effet d'en suspendre l'exécution jusqu'à « ce qu'un nouveau vote, émis par chaque Chambre, sauf pour « les lois d'impôts, n'ait approuvé la loi par une majorité des deux tiers au moins des membres;

« Alors l'exécution est obligatoire par le pouvoir exécutif;

« 34° Une Cour de juridiction administrative, ou conseil d'État, « ayant pour mission de remplacer l'ancien conseil d'État avec ses « attributions; plus, de remplacer la Cour des comptes au moyen « de deux sections spéciales;

« 35° L'élection des conseillers d'État par la Chambre des séna- « teurs à la majorité relative des voix et en comité secret;

« 36° La durée de leurs fonctions limitées à six années, à la « condition qu'un tiers des membres sortirait tous les deux ans « d'après l'ordre établi à l'époque de l'organisation du Conseil;

« 37° Leur inamovibilité, pendant ce temps, sauf le droit pour la « Chambre des sénateurs de suspension de chaque membre à la « majorité absolue des voix et en comité secret;

« 38° Le droit pour chaque conseiller d'État d'être réélu à la fin « de son mandat;

« 39° Le maintien du pouvoir et de l'organisation judiciaires, et de « l'inamovibilité de la magistrature, garantie de son indépendance.

« 40° Attribution au pouvoir judiciaire de toutes les questions « électorales, financières et administratives, en premier ressort, à « la place des conseils de préfecture, qui doivent être supprimés « comme les sous-préfectures, purement et simplement, à titre « de rouages inutiles et fort dispendieux d'une machine adminis- « trative surchargée d'emplois sans raison et sans garanties ;

« 41° Le maintien de l'institution du jury pour les causes qui lui « sont aujourd'hui dévolues ;

« 42° Le service militaire obligatoire pour tout citoyen jusqu'à « quarante-cinq ans, avec suppression des armées permanentes « excédant les nécessités du service. Le campement de l'armée « active, installé hors des villes ;

« 43° Interdiction au pouvoir exécutif, commandant des forces « de terre et de mer, de pouvoir déclarer la guerre avant d'en avoir « expliqué les motifs aux députés assemblés en comité secret, et « d'en avoir obtenu l'autorisation formelle ;

« 44° Institution d'un comice agricole par canton, composé de « membres élus par chaque commune à raison d'un nombre égal « aux membres de son conseil municipal, lesquels, réunis en assem- « blée générale, choisiraient leur président et leur secrétaire, soit « parmi leurs membres, soit en dehors ;

« 45° Allocation obligatoire, sur les fonds communaux de tout le « canton, de sommes suffisantes pour récompenser le mérite agri- « cole, et donner aux aptitudes les moyens de se produire, car sans « l'agriculture il n'est pas de prospérité possible. »

Voilà, bien cher hôte, les lignes principales d'un ordre constitutionnel propre à concilier l'autorité avec la liberté, et qui, confié à des mains franchement françaises, réaliserait sûrement le gouvernement du pays par le pays.

C'est à ce résultat que doivent aboutir tous les efforts des législateurs qui auront la mission de replacer les institutions politiques de la France sur des bases stables. Ils ne doivent plus se soustraire à l'évidence, et doivent sincèrement reconnaître que rien de durable ne sera fondé sur l'*autorité* sans la *liberté*, ni sur la *liberté* sans l'*autorité*.

Ces deux assises d'un gouvernement durable doivent être indissolublement unies pour que l'édifice politique, dont elles formeront la base, puisse résister victorieusement à tous les assauts des intrigues et des embûches des conspirateurs. Mais cette fusion n'est possible que par la pratique loyale et ferme des principes constitutionnels que nous venons de rappeler; et deux *formes* de gouvernement, *seulement*, peuvent cimenter cette union et assurer le développement et la stabilité des institutions qui consacrent l'ordre par la liberté. Ce sont :

1° La République constitutionnelle, acceptée et soutenue par la majorité du pays, ou l'ordre politique de 1848;

2° Et la Monarchie représentative et parlementaire également consacrée par l'adhésion publique et le vœu du peuple, ou l'ordre politique de 1830.

Pourquoi?

Parce que, dans les deux cas, le peuple, c'est-à-dire la nation, reste l'arbitre de ses destinées, et pèse de tout le poids de la raison et du bon sens général sur la direction de la politique nationale. Parce que c'est lui qui fait les lois par l'intermédiaire des députés et des sénateurs qu'il a élus, et qui en surveille l'exécution confiée à des ministres responsables, et que renverse sa réprobation quand ils sortent de la loyauté de leur mandat. C'est parce qu'enfin, conservant ainsi le droit de faire la loi, qui, une fois promulguée, est son œuvre, il est strictement soumis au devoir de lui obéir et de la respecter sous peine d'encourir des pénalités légitimes qu'il n'a plus, comme sous le despotisme, aucune raison de critiquer.

C'est dans cette conciliation de la liberté et du droit populaire avec les nécessités de la justice et de l'autorité que résident évidemment l'harmonie, la force et la vie des institutions politiques d'un État au XIXe siècle. La passion de l'indépendance et l'amour de la liberté ont poussé des racines si profondes dans l'âme des peuples, que si les attentats de la force brutale parviennent parfois à en paralyser les ardeurs, ils sont impuissants à en éteindre la flamme.

L'histoire est là, lumineuse comme un phare, pour montrer aux générations présentes et aux hommes d'État que la prépondérance de l'autorité, sans la liberté civique qui la modère et qui la guide dans les sentiers de la justice et du droit, dégénère fatalement en oppression; et que cette oppression, s'épuisant en vains efforts pour arrêter le développement des idées de progrès et de revendication du droit, n'aboutit qu'à l'émeute, et reste impuissante contre les idées, dont la force grandit sous cette étreinte comme celle de la vapeur sous l'airain, jusqu'au jour où, plus puissante que la résistance, elle brise son enveloppe, et en disperse au loin les débris pulvérisés.

La liberté réglée par l'autorité, et l'autorité ayant pour frein la liberté, constituent la soupape qui seule peut préserver la France de l'avenir des explosions qui la couvriraient encore de ruines et de désastres.

Mais, si ce résultat peut être obtenu par la république, et par la monarchie représentative, laquelle de ces deux formes de pouvoir gouvernemental est la plus propre à réaliser la solution jugée comme indispensable à la sécurité de la France?

Pour répondre à cette question il faut avoir égard, non-seulement à l'excellence des principes fondamentaux du gouvernement, mais encore aux traditions, aux préférences, aux habitudes, au degré d'instruction et à la nature du peuple.

Or, étant donné le peuple français, choisira-t-il par son vote, librement émis dans ses comices électoraux, la forme de la république pour forme de son gouvernement définitif? L'esprit des institutions républicaines, qui ne devrait être que l'esprit du christianisme adapté à la politique, qui ne devrait être que le principe civilisateur de l'Évangile mis en pratique gouvernementale, est-il ainsi compris par la grande majorité des populations qui ont en main, dans leur vote, la solution suprême de cette question? Ont-elles suffisamment secoué l'habitude de vivre à l'ombre de la vieille forme monarchique pour lui préférer aujourd'hui, dans la liberté du choix, la forme de la république? Le temps et les désastres que vient de leur infliger le dernier gouvernement ont-ils suffi pour chasser de leur souvenir la répulsion que le nom seul de république leur inspire depuis 93?

Il est impossible, cher hôte, à ma pensée, comme à tout homme calme, loyal et impartial, qui ne cherche que le salut de la France, de se prononcer pour l'affirmative. Cependant, le premier acte qui doit marquer l'œuvre de reconstitution du gouvernement définitif de la France, doit être un plébiscite sur cette question : « *La France*

« *veut-elle pour forme de gouvernement la république ou la mo-*
« *narchie ?* »

Il est interdit de juger avec ses propres désirs et de placer ses préférences avant la vérité. On juge avec la logique, la connaissance vraie des faits et l'indépendance de la raison. C'est à cette lumière que je formule cette réponse, et je gémis que, grâce au caractère du peuple français, inféodé à la forme monarchique, elle ne puisse pas être différente. Car, la république bien comprise, bien organisée, honnêtement conduite, est, je le répète, la forme naturelle du gouvernement des peuples; et si le peuple français, dans la liberté de son vote, acceptait la forme républicaine, contrairement au doute que son passé m'inspire, j'applaudirais le premier à ce grand acte de sagesse.

Elle offre aux nations, presque toujours divisées, sur le terrain politique, en plusieurs partis réciproquement hostiles, un terrain neutre où tous pourraient, sans défaillance, se donner cordialement la main, se rapprocher et se réconcilier pour travailler à l'œuvre de la prospérité de la patrie commune. Elle assure aux intérêts publics la plus efficace protection, puisque, son essence étant d'être le gouvernement du *pays* par le *pays*, de *tous* par *tous*, elle n'est d'aucun parti dissident, et ne reconnaît dans l'État d'autre parti que celui de l'ordre, de la justice, de la probité et du patriotisme; puisqu'elle ne peut voir dans tous les citoyens que des frères qui, sur le terrain politique, n'ont plus de prétextes de division, et ne forment plus que la grande famille nationale, et dans toutes les aspirations politiques qu'un grand faisceau de forces toujours prêtes à défendre la cause du bien et le respect de la loi, et à combattre le mal et les entreprises criminelles contre la tranquillité publique.

Sous cette forme démocratique le pouvoir n'étant point l'attribut ou le privilége d'une caste ou d'une famille, mais un poste temporaire de dévouement et de travail, et souvent de dangers, où le peuple doit appeler le plus digne des citoyens, n'est plus l'objet de ces compétitions dynastiques qui soulèvent une partie du peuple contre l'autre.

Pourquoi donc un gouvernement qui assurerait ainsi aux citoyens l'égalité de droit, de pouvoir, de charges et d'honneur, où le mérite personnel serait le seul titre aux distinctions publiques; où toute dissidence sur le principe politique et toute discorde dynastique n'auraient plus de raison d'être ; qui semble enfin si propre à clore définitivement l'ère des révolutions, semble-t-il si antipathique à la France, qui est celle des nations européennes où le besoin de ce repos et de cette conciliation est le plus impérieux?

Ah! c'est que la république ne peut convenir qu'à un peuple vertueux, où le sentiment du devoir soit le caractère indélébile de l'individu ; où l'intérêt public et le patriotisme dominent, dans les masses, toute considération d'intérêt privé ; où le respect de la loi, quelle qu'en soit la sévérité, soit un culte, et où la fraternité entre les citoyens soit une réalité!

L'esprit français répond-il à ces conditions?

Ma conscience, comme ma raison, me commande de répondre : Non!

Le calme et le flegme, qui sont le signe des natures capables de se guider par la réflexion et la raison, lui font généralement défaut. Le culte des intérêts personnels, poussé jusqu'aux plus extrêmes exagérations, par l'exemple des traditions fastueuses et des mœurs dépravées des deux Empires, a pétri d'égoïsme et de matérialisme l'âme d'un grand peuple, et constitué par là l'obstacle le plus formidable contre l'épanouissement des vertus viriles sans lesquelles la république ne peut se fonder ni vivre chez un peuple.

L'Amérique ne nous en donne-t-elle pas le vivant exemple?

Là, le culte des institutions libres et démocratiques est la principale préoccupation des citoyens. Il les unit tous dans une même pensée, dans un même effort, dans un même dévouement pour défendre les intérêts communs de la patrie, et préserver de toute atteinte la constitution de l'État. *Dieu* et la *loi* y possèdent également la vénération et le respect de tous les citoyens. Sauvegarder avant tout le *palladium* des libertés publiques et des droits de chacun, et placer au second rang les intérêts individuels, telle est la règle de conduite de chaque individu.

Pas de compétition des pouvoirs publics ; pas de luttes politiques entre les citoyens, sinon la lutte électorale entre les plus dignes, dans le but d'avoir l'honneur temporaire de défendre la sécurité et les prérogatives de l'État : honneur sans profit, puisque le chef de l'autorité exécutive aux États-Unis, quoique assujetti aux dépenses et aux charges des représentations officielles, n'a pour dotation que *vingt-cinq mille dollars* par an *(cent vingt-cinq mille francs !)*

Là, la vertu civique et l'élévation des sentiments fleurissent dans toutes les régions de la société. Le garçon tailleur, laborieux, probe et intelligent, qui a su employer ses loisirs à éclairer son esprit et à développer ses connaissances, comme l'ouvrier bûcheron des forêts, arrive, à force de persévérance dans l'étude des problèmes sociaux, à l'honneur de porter haut et ferme le sceptre du pouvoir exécutif de l'État !

A l'aspect de cette fortune qui porte à la première dignité de la nation un simple ouvrier, fils de ses œuvres, il ne s'élève, du sein des masses, qu'un cri de sympathique enthousiasme, qu'un concert de félicitations pour la récompense accordée au mérite !

Et celui qui, obéissant hier, commande aujourd'hui à un grand peuple, ne rencontre partout que déférence et respect, et le concours de citoyens qui, au lieu de saper les bases de son pouvoir, de jalouser sa fortune, et de paralyser, par des séditions, le développement de sa popularité et de la prospérité publique, travaillent avec ardeur, excités par l'exemple, à se rendre dignes, à leur tour, des suffrages du pays.

Puis, descendant du pouvoir sans regrets après la durée légale, comme il y était monté sans ambition personnelle, ce chef austère d'une autorité formidable, dont la trahison pouvait le rendre maître définitif en suivant les exemples de la France, rentre dans la vie privée avec la simplicité, la loyauté et la modestie qui caractérisent les hommes pétris de vertus, d'honneur et de patriotisme.

Ainsi, pour fonder, dans une nation, le gouvernement de la république, il faut, avant tout, trouver, dans le peuple, ce caractère qui distingue le républicain ; qui en fait un peuple de désintéressement et de sacrifices, façonné à l'initiative des améliorations générales et à la responsabilité de ses actes ; un peuple qui sache compter sur lui-même pour fortifier l'autorité, au lieu de compter sur l'autorité pour le guider dans sa marche ; qui sache concilier le sentiment et l'amour de l'indépendance avec le devoir et avec le respect de la liberté d'autrui ; qui s'attache à faire respecter l'ordre par la liberté, et l'exercice du droit par l'incorruptibilité de la justice ; et qui n'aspire qu'à maintenir toujours les lois en harmonie avec les mœurs, au lieu de chercher, dans la dictature de lois démagogiques ou césariennes, des armes pour briser et anéantir les principes infrangibles de la société.

Or, la France a montré, dans les différentes tentatives qu'elle a faites pour chercher, dans la république, la stabilité du gouvernement, que son peuple est totalement dépourvu des qualités nécessaires pour le rendre digne de la république honnête qui n'a jamais pu paraître que sur les ruines laissées par le despotisme ou l'anarchie et qu'on lui a si injustement reprochées.

Les hommes de probité et de raison qui reconnaissent l'excellence du gouvernement républicain et sa supériorité théorique sur la monarchie, reconnaissent également qu'il est impraticable en France, où la vivacité et l'égoïsme du caractère français, le feront éternellement glisser dans l'anarchie ; où les brouillons politiques, les révolutionnaires cosmopolites, ne rêvant que troubles sociaux pour jouir de la vie matérielle, abritent leurs forfaits sous cette enseigne qui prend ainsi un caractère perturbateur, se disent républicains sans avoir le moindre sentiment des vertus civiques ; et sacrifient à leurs criminelles passions la république et la liberté sous le fallacieux prétexte de défendre la *liberté* et la *république !*

Les sauvages démagogues, qui viennent, après l'étranger, qui les soudoie, de déshonorer la France au nom de la république, ont en même temps déshonoré le nom de ce gouvernement aux yeux des populations effrayées, et attaché à la forme monarchique la partie éclairée du peuple qui sent que, désormais, cette forme seule peut servir de point de ralliement aux forces vives et honnêtes du pays.

Mais ces criminels et faux enfants de la liberté, en assassinant la république, ont ouvert les voies à toutes les compétitions du despotisme dont ils sont les complices.

Ce sont ces voies que la sagesse des législateurs doit fermer, sous peine de préparer à la patrie de nouveaux désastres. Et si le suffrage national se prononce ainsi contre la république, il doit rechercher les moyens de les fermer, et la conciliation de l'*autorité* avec la *liberté* dans la forme monarchique représentative.

J'ai dit que cela est possible, et je répète que c'est indispensable pour sauver en même temps l'ordre et la liberté.

XV

Puisque la forme républicaine est devenue tellement impopulaire que ce serait une illusion que de tenter de la faire ratifier par le suffrage universel, de même que ce serait un attentat à l'indépendance du citoyen et à la conscience humaine que de l'imposer par la force brutale d'un autre *2 décembre*, la France, qui repousse le *nom* tout en voulant conserver la *chose*, doit confier à la monarchie constitutionnelle, représentative et parlementaire, la mission de maintenir et développer, dans l'économie de la constitution, l'esprit et les garanties de la république, en consacrant dans les institutions les principes inévitables que j'ai signalés.

Cet ordre politique qui, bien qu'imparfaitement organisé, a donné à la France, sous le gouvernement de 1830, dix-huit années de paix sans nuages, et de prospérité sans fictions, assure à la liberté et au respect des droits civiques toutes les garanties désirables par le frein du pacte constitutionnel, et à l'autorité limitée, mais largement fortifiée par ce pacte, toute son indépendance et toute la force nécessaire par l'adhésion publique dont ce pacte est l'expression.

Sous cette forme, le dépositaire unique du pouvoir exécutif, le roi, pour maintenir au gouvernement son caractère vrai qui doit réaliser le gouvernement du *pays* par le *pays*, doit s'attacher strictement *à régner sans gouverner*.

Il doit laisser au pays la charge de faire les lois par l'intermédiaire de ses représentants , et en confier l'exécution aux ministres, qu'il conserve le privilége de choisir, mais qui couvrent l'inviolabilité de sa personne, en restant seuls responsables devant le pays des actes et de la direction du pouvoir exécutif.

Si le roi reste fidèle à ce devoir constitutionnel (et des ministres soucieux de la sécurité de la France ne devraient jamais souffrir qu'il s'en écartât), toute l'administration des affaires publiques reste aux mains du peuple et des ministres qu'il est libre de renverser ou de maintenir par ses représentants, suivant que leur gestion est mauvaise ou bonne. Et la royauté n'est plus cet absolutisme d'un autre âge, résumant dans une seule volonté tous pouvoirs et tous droits sur un grand peuple, mais au contraire la personnification de la souveraineté du peuple, respectant les droits de tous, et destinée à les sauvegarder, et présidant à l'évolution libre des idées et au mouvement des intérêts politiques et économiques pour y maintenir l'ordre et l'harmonie.

C'est la république honnête sous la forme monarchique comme en Angleterre et en Belgique, au lieu d'être la république constituée sous la forme mobile du pouvoir, comme aux États-Unis ou en Suisse, où le caractère national s'y prête.

Et voilà trouvée une forme de gouvernement qui aura les sympathies de l'immense majorité des populations, et qui sauvegardera, autant que la répubiique pure, les intérêts du droit et de la liberté, en fermant au despotisme la voie d'un nouveau triomphe.

Quelle différence, en effet, existe-t-il entre les institutions parlementaires monarchiques, réformées suivant les principes constitutionnels que je vous ai signalés, et les institutions républicaines ?

Aucune, si non l'hérédité du pouvoir dans la famille du roi qui, perpétuant sans aucune interruption le règne d'une autorité qui ne gouverne pas, assure la stabilité des institutions malgré la mort de son dépositaire.

Mais si l'hérédité constitutionnelle du pouvoir est, au point de vue des principes démocratiques, une infraction au principe électif qui doit servir de base à toute attribution du pouvoir politique, cette atteinte est largement compensée par l'effacement du roi *qui règne et ne gouverne pas*.

Les hommes de parti et de passions ont eu beau critiquer et calomnier, depuis la chute de l'établissement de 1830, cette personnification inerte et impartiale du pouvoir souverain ; ils ont eu beau faire retentir par tous les échos d'une publicité servile et amie du despotisme : que cette abstention du souverain n'était en fait qu'une fiction, et que, sous la responsabilité ministérielle, se dissimulait l'omnipotence de la volonté royale : dix-huit années de tranquillité publique ont prouvé aux hommes de sagesse et de raison que là se trouvent, pour la France, les garanties sérieuses de la stabilité de son gouvernement. Ces hommes d'égoïsme et d'ambition vulgaire l'ont bien confirmé quand, après avoir renversé cette constitution pacificatrice, ils n'ont trouvé rien de mieux à mettre à sa place que l'absolutisme du second Empire, qui a déshonoré et perdu la France, et porté l'exaltation des démagogues jusqu'à promener l'incendie dans leur propre patrie.

Je sais, très-cher ami, que les courtisans de l'absolutisme et les soldats de l'anarchie, également hostiles à une transaction politique qui consacre l'union de la république avec la monarchie, de l'autorité et de l'ordre avec l'indépendance populaire et les libertés publiques, font à la monarchie représentative et parlementaire un nouveau crime de ce que l'exécution des lois est laissée à la merci des ministres qui, pour se maintenir au pouvoir, pourraient tenter de corrompre la majorité de la représentation nationale.

Mais si le despotisme ou l'anarchie, comme le prouve l'expérience, ne peut se maintenir que par les pratiques de la corruption ou les violences de la force, l'ordre politique qui concilie la tranquillité publique avec les aspirations libérales du peuple, trouvera toujours dans la nation un appui et des adhésions qui le fortifient et le dispensent de descendre à ces ignominies.

En politique comme en droit civil, les fraudes et les intentions coupables ne se présument pas, et c'est une critique niaise et sans valeur que celle qui ne se fonde, dans ses attaques, que sur une probabilité.

Pour tenter de corrompre et risquer de perdre dans ces tentatives, qui ne réussiraient pas sous l'empire du suffrage universel uni à la liberté, l'estime public et l'honneur, il faut être mu par la passion d'un grand intérêt personnel ou par l'espérance d'une facile opulence. Or a-t-on vu sous le régime de la constitution de 1830, où le droit électoral était si restreint, des ministres sortir d'une longue carrière de travail et de gestion des affaires publiques, gorgés de faveurs, de richesses et d'opulence, ou même avec leur fortune personnelle grossie par l'exercice du pouvoir?

Non. MM. Guizot, Thiers, de Salvandy, Villemain, Cousin et autres ont traversé longuement ces honneurs ministériels avec un désintéressement et une probité qui ont défié toute critique de la part de leurs adversaires triomphants, et ils en sont sortis, non avec ces fortunes soudainement édifiées et scandaleusement colossales dont d'autres ont donné l'exemple, mais moins riches qu'à leur entrée au pouvoir, pour reprendre le cours d'une vie devouée à la famille, au travail de la pensée et à la pratique de toutes les vertus viriles et stoïques qui distinguent les nobles caractères.

Un seul avait eu la faiblesse d'accepter une récompense de la main de ces industriels corrompus qui, n'ayant d'autre culte que celui de l'or, s'attachent à corrompre aussi les fonctionnaires publics pour mieux réussir dans leurs tripotages financiers. Mais aux premiers bruits d'une telle accusation, que, depuis, de hautes interventions auraient immédiatement étouffée, le gouvernement n'hésita pas à chercher la vérité et à frapper sur son siége élevé, et à la face du pays, pour cette défaillance, l'un de ses plus dévoués serviteurs.

C'est ainsi que procède un gouvernement qui respecte le droit, et qui place l'impartialité de la justice au-dessus de toute considération dynastique ou personnelle.

Je cherche en vain sous les gouvernements despotiques un pareil exemple de dignité et de fermeté dans l'application des lois.

Voilà donc la monarchie qui convient à la France.

XVI

Après avoir ainsi exposé et motivé ses convictions sur l'urgence pour la France de rentrer sous le gouvernement le plus apte à concilier l'ordre avec la liberté, le cher proscrit se tut, et deux grosses larmes roulèrent sur ses joues livides!

— Que la Providence, lui dis-je, qui a toujours protégé la France, exauce tes vœux, éclaire le législateur, et le conduise, par les voies de la sagesse, à l'organisation du meilleur gouvernement qui puisse assurer la prospérité de la patrie.

J'ai suivi avec intérêt et j'ai écouté avec joie tes patriotiques entretiens. Je sentais grandir en mon âme l'espérance de la prompte résurrection de la France, en entendant la démonstration par laquelle ma pensée te suivait jusqu'à la solution du grave problème gouvernemental. Et comme toi, cher frère, je disais : Oui, il est indispensable que le pouvoir souverain, qui va prendre en main la mission de relever la France de ses ruines, et de ramener dans son sein la paix, la prospérité et l'harmonie, soit un pouvoir essentiellement conciliateur et libéral; il est indispensable qu'il soit l'image de la modération unie à la fermeté ; de l'ordre vrai par la liberté sage ; de la justice par le respect inexorable de la légalité ; et qu'il donne l'exemple de la simplicité de la vie en proscrivant le faste démoralisateur des cours.

Mais je me disais aussi : Bien que la *monarchie républicaine*, appuyée sur les institutions représentatives et parlementaires, soit la seule forme de gouvernement qui puisse aujourd'hui assurer le développement de la prospérité nationale, et qui soit propre à conquérir les sympathies de l'immense majorité du peuple, sera-t-elle enfin considérée par la minorité comme un terrain neutre sur lequel les partis doivent désarmer et se donner la main ? Sera-t-il facile de trouver à cet ordre politique un chef digne de la mission d'en asseoir les bases sur cette conciliation de *l'ordre* et de la *liberté*, capable d'en protéger les institutions sincèrement et sans défaillance, et incapable de trahir ses serments pour monter au despotisme ?

— Oh ! cher hôte, me répondit-il, vous posez là des questions qui, touchant aux personnes, préoccupent sérieusement ma pensée. La forme gouvernementale, que vous acceptez comme moi, comme impérieusement commandée par l'état de la France, doit être confiée à des mains probes et désintéressées ; et, quand on a vu le vertige du pouvoir absolu pousser au parjure des hommes qui avaient passé leur vie à protester contre la violation du droit et de la liberté, on tremble de prononcer un nom.

Cependant le dépositaire du pouvoir exécutif souverain d'une telle monarchie peut-il être choisi, comme pour la république pure, en dehors des familles historiquement françaises qui ont déjà régné sur la France ?

Je ne le crois pas, eu égard au tumulte des idées et des choses dont nous avons sous les yeux le triste spectacle. Je l'ai déjà dit.

Pour que ce pouvoir s'impose aux masses populaires, naturellement et sans pression, et leur inspire la vénération et le respect qui sont indispensables à l'harmonie de la vie sociale, la personne du souverain doit apparaître avec un prestige de distinction et de grandeur qui ne s'improvise pas et qui restera, jusqu'à ce que les populations soient plus éclairées, l'attribut des anciennes familles monarchiques.

Méconnaître cette vérité et cette nécessité, me semble un grand péril pour l'avenir de mon pays.

Un jour la France, également veuve de tout gouvernement définitif, enivrée et fascinée par la gloire militaire d'un inconnu, brisa cette tradition et resta sourde à la voix de cette nécessité en lui confiant le pouvoir monarchique.

Mais cet homme, porté au trône sur les ailes de la fortune et par les violences de la force brutale, ne put régner sur les cœurs par le prestige ni l'autorité d'un nom historique, fut condamné à maintenir, par le sabre, l'arbitraire, les séductions de l'or et le despotisme, un pouvoir éphémère et sans racines dans les sympathies du peuple, et tomba en déchaînant sur la France les révolutions et les invasions étrangères dont la dernière vient de ruiner sa puissance.

Elle commettrait la plus grave imprudence en recommençant cette expérience lugubre qui a couvert l'image de son ancienne grandeur d'un long voile de sang et de deuil. Elle sera plus sage en demandant le chef de cette monarchie transformée aux descendants des familles qui ont fait son histoire et cimenté son unité nationale.

Mais trouvera-t-elle dans cette antique descendance de ses rois, dont la chaîne héréditaire a été si souvent brisée, depuis 1789, par ses faux *plébiscites* et le droit répudié, l'homme dont le caractère, la droiture, le libéralisme, le tact, la perspicacité et le sens politique soient à la hauteur de la mission de fonder et de consolider en France le gouvernement définitif du *pays* par le *pays*, à l'ombre duquel fleurissent la concorde, la justice, l'ordre et la liberté ?

Je n'en doute pas, cher ami, c'est parmi les hommes abreuvés d'infortunes, et longuement nourris des épreuves de l'exil que se trouvent les âmes solidement trempées, que les tristesses ont détachées des ambitions et des futilités humaines pour en faire des héros de vertu, de courage et de patriotisme.

Malheureusement pour la tranquillité publique, cette descendance historique se divise en deux branches : la branche aînée et la branche cadette, qui, séparées par les principes politiques, occasionnent incessamment des luttes de compétitions qui troublent l'harmonie nationale.

La branche aînée est celle qui, en vertu d'une tradition dont l'origine remonte aux premiers âges de la nation française, en a conservé la couronne jusqu'aux événements révolutionnaires de 1789 qui renversèrent la monarchie héréditaire. Et si elle a pu ressaisir le pouvoir souverain après la chute du premier Empire et donner à la nation, par la pratique de la Constitution de 1814, le témoignage qu'elle avait abdiqué en partie ses traditions absolutistes, elle n'en reste pas moins, dans l'esprit de la France, grâce à la morgue aristocratique qui a maintenu, entre l'ancienne noblesse et la bourgeoisie, comme entre deux races distinctes, une ligne de démarcation blessante, comme la personnification de cette aristocratie, du privilége et de l'absolutisme.

Nul doute que si, malgré sa répugnance, le peuple français confiait la destinée de ses nouvelles institutions politiques au représentant héréditaire de cette branche, il ne s'inclinât devant les nécessités politiques et les exigences des progrès du temps, avec la sincérité et la droiture qu'il a montrées dans l'exil. Mais l'atmosphère de féodalité et d'hostilité pour le droit politique moderne, dont son nom reste entouré, étouffera longtemps encore dans les masses les sentiments de confiante sympathie qui ne s'enflamment qu'au souvenir des actes publics.

Les événements de 1789 et surtout le premier Empire ont semé dans toutes les couches sociales tant de préventions, de défiance et d'aversion contre les traditions politiques de l'antique monarchie française, que l'impression en reste vivante et héréditaire dans les familles bourgeoises et ouvrières, sans que l'influence de la civilisation et de l'instruction ait encore réussi à la dissiper.

C'est là un obstacle sérieux contre le retour de cette famille au pouvoir par l'assentiment national. Peut-elle y arriver, en vertu du principe d'hérédité, sans égard à cet assentiment? Non!

La branche cadette, que la tradition de l'hérédité du pouvoir a toujours tenue éloignée du trône, et qui y fut appelée pour la première fois en 1830, en la personne de Louis-Philippe et par l'assentiment des représentants du peuple, avait, au contraire, toujours donné à la liberté et aux transformations inévitables du droit politique moderne des adhésions franches et loyales. Elle s'était placée par là plus près de la bourgeoisie et du peuple que des traditions féodales, et le peuple lui en témoigna sa reconnaissance et sa confiance.

Dix-huit années de paix, de tranquillité et de loyale exécution de la Constitution prouvèrent à la France qu'elle avait enfin trouvé, dans la monarchie représentative et parlementaire de Louis-Philippe, la forme du pouvoir qui convient à son caractère et qui répond à ses aspirations.

Et vingt années du despotisme impérial lui rendent plus cuisants encore les regrets de cet ordre politique qui, aujourd'hui, amélioré suivant les besoins que j'ai signalés, doit être le sauveur de la France, dont il a les sympathies.

Les représentants de cette branche cadette, que vingt-deux ans d'exil ont mûris pour la grande charge du pouvoir, ont encore accru l'attachement national pour leur famille, par la noble attitude qu'ils ont montrée sur la terre étrangère, où jamais une idée de conspiration ou de haine contre la patrie qui les proscrivait n'a refroidi leur patriotisme.

Cependant on ne peut contester que le despotisme, pour qui rien ne fut sacré, ne leur épargna pas les tortures : s'attachant après ces victimes inoffensives, comme un vautour après sa proie, il s'emporta jusqu'à violer, à leur égard, le principe sacré de la propriété, en faisant vendre à vil prix, pour satisfaire un caprice de tyran, un patrimoine légitime, fruit des héritages de la famille ! Il brava sans vergogne la conscience publique, en jetant, par un simple décret, à la spéculation cupide et honteuse de ses courtisans, les lambeaux de ces immenses domaines historiques, propriétés inviolables d'une famille séculairement française, et il en confisqua une partie pour se faire, avec le bien d'autrui, un lit somptueux de basse popularité.

Mais Bonaparte eut beau faire : ces violences furent impuissantes à éteindre dans l'âme de la France, courbée sous son épée, les souvenirs qu'il y voulait détruire. Et il ne réussit même pas à pousser ces natures d'élite contre sa dictature, comme il l'espérait, dans les conspirations et les séditions qui avaient fait les délices de sa vie, et où les princes perdent en même temps l'honneur et la popularité vraie.

Ces représentants dignes et calmes du véritable esprit français savaient que leur patrie n'était plus dans sa voie, et ils se bornèrent à répondre à ces provocations par leur dédain, laissant à l'histoire le soin d'infliger le mépris de la postérité à tant d'actes coupables, et, au temps, celui de leur rendre la patrie.

Je ne vois donc, en dehors de la république honnête, que la dynastie de 1830 qui, par son passé, ses traditions simples et patriarcales, son libéralisme politique et sa loyauté, puisse inspirer au peuple la confiance dans l'avenir, source indispensable de son respect de l'autorité et de sa docilité aux lois. Elle seule peut concilier l'*ordre* et l'*autorité* avec la *liberté*, et faire régner sur le trône la simplicité du gouvernement républicain et l'austérité des mœurs qui fortifie, dans la nation, le développement de la morale publique.

Pas d'*anarchie*, mais aussi pas d'*absolutisme* dans le pouvoir : là est toute la solution du problème politique et social qui, cimentée par la confiance populaire, élève, par cette monarchie libérale, une digue infranchissable au torrent de la révolution qu'il faut arrêter d'une manière définitive.

— Oh! lui dis-je, combien j'approuve tes vues, et avec quelle ardeur patriotique je m'associe à tes vœux. Mais je conserve la crainte que tes espérances de pacification et de concorde ne soient déçues par l'opiniâtre égoïsme des partis. Les passions politiques se soumettent rarement aux sacrifices et à l'abnégation qu'exige l'intérêt même de l'existence nationale. *Périsse la France plutôt qu'un principe*, est une maxime qu'ils ont l'habitude de pratiquer, sans remords, comme les ennemis de la France.

Il est incontestable que le peuple, dans la liberté de son choix, veut la monarchie pour forme de gouvernement, mais il n'est pas moins incontestable qu'il veut aussi la liberté et le respect large et complet de ses droits politiques. Or, la monarchie représentative et parlementaire, aux mains d'un prince libéral, peut seule le satisfaire, et arrêter les extravagances fiévreuses de ses aspirations à une limite raisonnable. Mais je ne puis croire que, plaçant pour la première fois l'intérêt sacré de la patrie avant leurs préférences et leurs intérêts personnels, les partis acceptent avec patriotisme l'arrêt de la majorité électorale comme une solution définitive contre laquelle il serait criminel de s'insurger jamais !

C'est là le droit ; mais je n'ose espérer que ce soit leur fait.

— Rassurez-vous, me répondit le proscrit. Comme vous, cher ami, je ne crois pas aux miracles d'abnégation et de renoncement de la part des partis politiques. Mais les circonstances fatales où nous a plongés la monarchie césarienne sont plus éloquentes que toutes les prédications de la logique et de la raison. Une idée à laquelle je ne puis soustraire mon esprit, me crie : qu'en présence des malheurs de la France, les partis vont se réconcilier et se rallier avec sincérité au gouvernement que le pays, librement consulté, aura élu et choisi. Ces malheurs, qui se perpétueraient sans cette conciliation urgente, sont les malheurs même de chaque membre de ces partis ; et je ne puis croire que chacun d'eux préfère le triomphe violent d'une idée politique à la sécurité de sa vie, de sa famille, de sa fortune. La République présenterait ce terrain neutre de réconciliation ; mais, en présence de l'hostilité publique que la majorité électorale voue à cette forme politique, la monarchie représentative et parlementaire doit être adoptée pour atteindre ce grand but de salut social. Oh ! je ne puis croire, surtout, que deux partis puissent diviser désormais la famille de l'ancienne monarchie française ; que des questions de nuances et de traditions politiques, de castes et de priviléges, de personnes et de conduite, puissent maintenir la discorde entre des hommes nés d'un même sang, façonnés par un long exil aux méditations calmes et profondes sur les vicissitudes de la vie, les nécessités du temps, et habitués à chercher désormais avec persévérance et franchise la vivante réalité des choses, sous l'illusion fascinatrice et périlleuse de l'idée. Je ne puis croire que le noble rejeton de la branche aînée, et ses partisans, qui usent dans l'oisiveté, et souvent dans les écarts qu'elle excite, des facultés et des aptitudes intellectuelles de premier ordre, refusent plus longtemps d'ouvrir les yeux à la lumière ; de voir l'impossibilité de restaurer un passé plein d'orages et de reconnaître que les exigences actuelles de l'esprit social ne laissent plus à l'exercice de l'autorité souveraine, qui tient à se maintenir et à faire le bonheur du peuple, qu'une seule voie à suivre :

« Celle qui conduit à la conciliation de ces exigences, du droit « moderne et de la liberté, avec le devoir, l'ordre et l'autorité. »

Je ne vois dans la permanence de ces divisions de famille, que des causes que la réflexion et le bon sens, imposés par les désastres publics, doivent effacer définitivement de l'histoire contemporaine.

Quand la branche cadette a fait, en 1830, preuve de sagesse pratique en reconnaissant les nécessités du temps, et en descendant des nuages des abstractions monarchiques, sur le terrain de la vérité politique pour sauver une couronne qu'allait briser la tempête révolutionnaire, elle a donné à son aînée l'exemple de la seule conduite à suivre pour sauver en même temps la France et la liberté.

Dédaignera-t-elle de suivre cet exemple, de descendre, à son tour, des hauteurs des anciennes traditions monarchiques dans le domaine des institutions libérales et constitutionnelles, pour y donner le baiser de paix et de concorde à tous les membres de sa famille et joindre son effort à leurs efforts, dans le but de reconstituer la grandeur et la puissance de la France ? Non !

J'ai foi dans l'empire de la raison politique qui commande cette réconciliation, et je condamne l'orgueil de race et l'égoïsme antinational qui la repousse.

Ah ! vous sentez, cher hôte, toute l'importance d'une telle union, si elle devait être sincère, qui ne peut se faire contre la liberté, mais, au contraire, pour sa consolidation sur les bases de la justice, de l'ordre et de la paix !

En abdiquant des traditions et des prétentions politiques, aujourd'hui irréalisables autrement que par la force, pour concourir, par un sublime désintéressement, à fonder le règne de la liberté et de l'ordre sur l'autorité du verdict national, le représentant de la branche aînée aura plus fait pour asseoir la stabilité des institutions gouvernementales de la France que toutes les combinaisons les mieux méditées des législateurs.

— Pourquoi ?

— C'est parce qu'à la lumière de cette réconciliation, de cette paix, disparaissent les ombres de ces froissements d'ambition, de ces malentendus politiques, de ces frayeurs de réaction sénile, qui, obscurcissant la voie du vrai, favorisent les entreprises et les évolutions du despotisme ou de l'anarchie, dont le *spectre* toujours menaçant enlève à la France toute confiance dans la sécurité de l'avenir. C'est parce qu'après cette réconciliation sur le terrain de la liberté, des deux grands partis qui se partagent la majorité du peuple français attachée à l'ordre, aux devoirs et au progrès de la vraie civilisation, et qui rallieraient tous les libéraux qui veulent la liberté par l'ordre et la justice, je ne vois plus, dans l'existence des partis bonapartiste et démagogique, qu'une force turbulente et astucieuse, mais impuissante à troubler l'ordre établi sur cette réconciliation et fortifié par elle. C'est parce que, enfin, quand le peuple aura librement choisi, dans cette famille, celui de ses membres qui lui semblera le plus populaire et le plus capable d'opérer franchement cette alliance de la république et de la monarchie, de l'*autorité* avec la *liberté*, tous les autres, guidés par l'amour de la patrie, s'inclineront cordialement devant le vœu de la majorité du peuple, obéiront, comme tous les citoyens, à l'autorité établie et s'attacheront à grandir dans l'estime de la France, en apportant au développement de sa prospérité un concours et un dévouement sans bornes.

Pourquoi des considérations de prééminence arrêteraient-elles cette réconciliation ? Est-ce que l'honneur de régner sur un peuple est aujourd'hui si enviable ? N'est-ce pas un poste plein de périls, et qui, obtenu sans la consécration de la souveraineté du peuple, ne serait pas tenable pour un roi ? Est-ce qu'une famille aussi foncièrement française peut continuer à diviser la France et à la troubler par ses compétitions de prééminence ? Est-ce qu'il n'es pas évident aujourd'hui que l'abdication de la branche aînée, en faveur de la branche cadette, est une nécessité qui s'impose au patriotisme de ses partisans qui, voulant avant tout la grandeur et la tranquillité de la France, ne peuvent contester qu'à défaut de la République il n'y a que le régime de 1830 perfectionné qui puisse conduire à ce but de salut social ? Le retour de l'antique étendard, qui ombragea le règne de l'absolutisme féodal, serait une éternelle provocation aux entreprises anarchiques.

Croyez plutôt à cette conciliation, à cette paix, à ce gage de stabilité future. Quel que soit le choix du peuple, il sera la représentation de toute cette famille, honorée dans l'un de ses membres par les suffrages de la France ! Croyez que cette fusion des grands partis clora la révolution, en même temps que l'ère du faste de cour.

— J'admets, cher proscrit, lui dis-je, la grande valeur de tes espérances. Oui, en présence de la situation faite à la patrie, et des aspirations désorganisatrices qui viennent de s'affirmer si monstrueusement contre les principes qui, depuis l'origine du monde, ont servi de base au développement de l'humanité, tout homme simplement honnête sent que le salut de la France et de la société doit dominer dans l'âme toute préférence politique, et j'ai assez de confiance dans la sagesse de tous les hommes sensés, pour croire que les trois grands partis politiques qui comprennent les Bourbons et les républicains constitutionnels, peuvent s'entendre sur le terrain de la souveraineté du peuple et de la liberté ; et que, grâce à ce véritable patriotisme, la France remontera promptement, avec la célérité que comporte sa nature, au rang de splendeur et de prospérité qui lui est dû.

Mais, cher ami, ne reconnais-tu pas qu'il s'est dégagé des désastres semés sur la France par les hordes allemandes, des enseignements terribles pour la société européenne tout entière ? Ne reconnais-tu pas que, sous l'explosion des passions subversives que cette guerre maudite a préparée et favorisée, est apparue une force de destruction qui n'a rien de politique, mais dont le caractère féroce présage au monde les plus violentes commotions ? Quel mobile, grand Dieu ! peut donc pousser ces sauvages à l'assaut de tout ce qui est respectable, nécessaire, sacré dans la société moderne ? Est-ce que la société est condamnée à périr ?

— La civilisation, me répond le proscrit, a toujours eu pour but de conduire les hommes à la perfection humaine. Les grands hommes qui ont usé leur vie et sacrifié leur fortune pour favoriser son développement, ont été guidés par la douce pensée que leurs efforts contribueraient à transformer l'homme : à faire du barbare du cinquième siècle l'homme vertueux et policé du dix-neuvième, qui, fidèle à la grande voix de sa conscience, n'aurait plus d'autres instincts que ceux du bien, d'autres sentiments que ceux d'amour de son prochain et de la fraternité des peuples, ni d'autre ambition que de concourir au maintien des principes sur lesquels repose l'ordre social.

Au spectacle des douleurs publiques qui viennent de frapper la France, on dirait, en effet, que ce persévérant travail des siècles n'aurait abouti qu'à pervertir l'humanité et à perfectionner l'homme dans l'art d'opérer le mal ! Est-ce que la civilisation serait un mal ?

Heureusement, cher hôte, il n'en peut être ainsi.

Si la civilisation, qui développe dans l'homme l'intelligence, l'esprit et la raison ; qui verse à sa mémoire l'érudition et les connaissances à l'ombre desquelles se fortifient ses aptitudes, trouve de nos jours des natures rebelles à son influence essentiellement moralisatrice, c'est qu'elle n'a pas été secondée par l'action, la sollicitude et surtout l'exemple des pouvoirs publics ; c'est que ces pouvoirs, par esprit de secte, ont favorisé démesurément, dans les pratiques de l'enseignement public, le développement des facultés intellectuelles de l'individu, en négligeant de faire marcher de pair le progrès de ses facultés morales qui en sont le flambeau et sans lesquelles les premières s'égarent dans des voies périlleuses.

L'individu, quel qu'il soit, porte en lui un penchant naturel vers la possession de la plus grande somme de jouissances matérielles. C'est ce penchant qui excite son émulation et son ardeur pour le travail, car le travail conduit à la fortune, et la fortune acquise lui promet les jouissances qu'il convoite. Mais tout travail est pénible ; et si, quoiqu'il soit la dure loi de l'humanité, il s'offrait à l'individu d'autres moyens d'arriver à la fortune sans subir ses étreintes, nul doute qu'ils ne fussent exclusivement pratiqués par lui, s'il n'a pas été pourvu d'une force morale suffisante.

Or, des hommes se sont trouvés qui, voyant la situation actuelle de la fortune publique, fruit du travail des siècles, se sont écriés :

La propriété c'est le vol !

Exagérant ce paradoxe, l'homme qui n'a rien, ou qui a dissipé en orgies un patrimoine transmis par ses ancêtres, et dont les appétits grossiers ne sont pas modérés par le frein moral d'une conscience honnête, s'est dit :

« Puisque la fortune n'est pas légitimement possédée par ceux « qui en jouissent aujourd'hui, j'ai le droit d'en revendiquer ma « part, et d'arriver par le partage au lieu d'arriver par le travail, à « l'opulence d'une existence sans labeurs ! »

Et, comme le sauvage qui poursuit sa proie, il a pris les armes !

Quelle que soit la démence d'un tel système, cher hôte, voilà la source de toutes les conceptions *socialistes*.

Depuis vingt ans surtout, prenant toutes les formes et tous les déguisements pour séduire et fasciner les classes déshéritées de la fortune, et que le despotisme surexcitait par le spectacle d'un luxe scandaleux, ces conceptions anarchiques ont rallié tous les *déclassés* que l'enseignement matérialiste et officiel moderne a jetés si nombreux dans les villes, et qui, gonflés d'une instruction qui les éloigne du travail manuel, tout en aiguisant les appétits humains, se font avec rage les soldats de toute perturbation ayant pour but de promettre l'opulence sans travail.

Jusqu'ici ces aspirations de renversement social s'étaient divisées en mille associations ayant le même but, mais différant de théories et de moyens. Cette division paralysait la force de l'idée, et semblait devoir, en l'usant contre la reprobation publique, l'abaisser, peu à peu, au rang des rêves que dissipe le réveil de la saine raison.

Mais le génie du mal a trouvé, dans un enseignement officiel, qui croyait n'être que libéral en conspuant la morale chrétienne, quand il était criminel et perturbateur, les moyens d'inspirer les actes de ces sectaires sinistres, et d'élever leur intelligence à la hauteur de leur corruption. Ils ont cherché, avec persévérance, dans l'ombre comme dans la lumière, la cause de leur faiblesse ; ils l'ont constatée, et se sont attachés à la détruire par *l'union* de tous les efforts, et la *fusion* de toutes les nuances socialistes *radicales*.

Et, grâce à l'ineptie d'un gouvernement ardent à briser, avec le plus violent arbitraire, la plume qui touchait à sa personne, à son faste, ou à ses actes, quand il laissait libre cours aux prédications les plus antichrétiennes et, par conséquent, antilibérales, cette force s'est développée ; le monstre a grandi, et s'est soudainement révélé fort et menaçant à la France stupéfaite, sous le nom d'*Alliance* ou *Société internationale des Travailleurs*.

L'idée socialiste, cher hôte, n'est donc plus un rêve : cette alliance de tous les travailleurs européens en forme aujourd'hui la plus lugubre réalité. Qui calmera la fureur de cette haine qui monte à l'assaut de tous les principes sociaux : propriété, famille, religion, gouvernement, quel qu'il soit, république ou monarchie ? Qui arrêtera dans sa course dévastatrice ce flot formidable de tous ceux qui n'ont rien contre ceux qui possèdent et travaillent ? Quelle sera la voix assez puissante qui, sans l'aide de la Providence, pourra faire entendre à ces légions de travailleurs, égarés par des chefs qui les trompent, qu'après avoir dévasté leur pays, assassiné leurs frères, tué le travail, le commerce et l'industrie, et renversé le gouvernement de la République contre lequel ils combattent en France, ils ne trouveront, pour récompense des périls qu'aura couru leur vie, sur le terrain du socialisme impraticable, que le despotisme le plus barbare et la misère la plus cruelle ?

Ce sera l'œuvre d'un bon gouvernement faisant de bonnes lois !

En effet, cher frère, cette association redoutable qui s'efforce d'enchaîner à ses destinées tous les salariés du monde connu, a réduit toutes les théories socialistes, qu'elle résume, à deux grands principes :

1° Suppression de la propriété individuelle sous toutes ses formes, et sa dévolution à la Commune considérée comme un individu collectif composé de tous les habitants ;

2° Constitution de la Commune en un groupe de tous les habitants unis pour jouir en commun de la propriété commune ; où chacun aura sa part de travail ; suppression de toute nationalité et de tout gouvernement national ; suppression de toute religion, chacun pratiquant le culte qui lui convient, et institution du gouvernement de la Commune par le choix des habitants, afin que chaque Commune du monde soit un petit gouvernement libre et s'administrant lui même.

La France condamnée à posséder trente-huit mille gouvernements !

Ainsi, plus de propriété, plus de gouvernement, plus de nationalité plus de religions organisées, l'égalité des peines et l'uniformité de la misère, voilà où aboutissent les théories de l'*Internationale.*

Pauvres travailleurs, ne voyez-vous pas à quelles déceptions fatales on vous conduit ? Ne voyez-vous pas que l'homme laborieux serait, dans une telle existence sociale, si elle était réalisée, la dupe des paresseux ? Ne sentez-vous pas que ceux qui parviendraient au pouvoir tenteraient de s'y maintenir pour ne pas subir de nouveau la loi du travail commun ? Ne sentez-vous pas, enfin, que de telles tentatives ne peuvent aboutir à aucun résultat praticable ni durable, sinon à la misère commune, chacun n'entendant pas travailler plus que son voisin, et aux actes sauvages qui viennent d'épouvanter le monde ?

XVII

Oh ! consolons-nous, cher frère, à la pensée que de telles révolutions sociales ne pourront jamais trouver, dans cette association criminelle, assez d'audace et de force pour renverser, par la violence, qui est son seul moyen, l'édifice de la société moderne ! Consolons-nous en pensant que tous les gouvernements s'attacheront à détruire, dans l'esprit des classes laborieuses, le prestige de ces théories perfides et trompeuses, en améliorant, sans cesse, par les lois et les pratiques du pouvoir, leur situation sociale ; en perfectionnant les institutions par l'esprit de justice et de liberté, et en ouvrant plus largement et plus franchement la main aux souffrances populaires. Souhaitons que les pouvoirs publics fassent marcher de front, dans la grave mission de l'instruction des masses, l'enseignement intellectuel et l'enseignement moral ; la connaissance des *droits* et le culte des *devoirs*, et qu'ils aient désormais l'énergie de briser, sans pitié, ces éruditions prétentieuses qui, au nom de la France, enseignent la négation de tous les principes sur lesquels reposent l'existence et la sécurité de la France ! qui tuent la liberté par l'abus de la liberté !

J'ai foi qu'à l'ombre du drapeau national de la monarchie représentative et parlementaire, ces principes seront religieusement pratiqués, et que nous verrons la liberté, que ces sectaires profanent et méprisent, majestueusement assise sur la double base de la justice et de la morale évangelique, présider à la réorganisation puissante de la Patrie !

Si une telle association était née viable ; si les classes salariées lui donnaient leurs forces, et consentaient à la suivre dans ses entreprises de massacres et de révolutions, l'état social ne serait plus que l'état de guerre qui ferait rétrograder l'humanité vers la barbarie, et qui enchaînerait à la plus affreuse misère matérielle et morale, ces légions de travailleurs, dont des chefs criminels se servent comme d'instruments, pour les abandonner ensuite, sans les défendre, aux mains de la répression.

Mais non, cher ami ; les classes laborieuses ne sont point encore assez démoralisées pour rêver une existence dont seraient bannis : la propriété, la famille, le devoir, Dieu lui-même ! Une direction, sévèrement moralisatrice, imprimée par un gouvernement libéral et droit à tous les battements de la vie nationale, suffira pour ramener au calme et à la raison des esprits troublés par la ruse, ou par les excitations folles de l'envie et du luxe !

Plaignons, mais ne les maudissons pas, les déshérités de la fortune que la philosophie abjecte d'un matérialisme brutal a détachés des futures espérances ! C'est moins leur faute que celle des pouvoirs publics qui, presque toujours, laisant à l'immoralité des doctrines une libre propagande, négligent de porter la main à l'amélioration sérieuse et efficace du sort des travailleurs, qui ne s'insurgent contre tout gouvernement, quel qu'il soit, que par haine d'une existence malheureuse. A quoi bon tant de décrets officiels en faveur du *Paupérisme* et des *Sociétés de secours mutuels*, quand ils doivent rester lettres mortes pour ceux qu'ils avaient pour but de secourir !

Moins de paroles et plus d'actes, cher ami ; voilà le devoir de tout gouvernement qui tient à semer sur sa route le contentement, le bien-être, la paix et la prospérité. La monarchie libérale peut seule l'accomplir à notre époque. La France reste puissante ; il ne faut pour la sauver qu'un bon gouvernement.

Prêchons donc, sans défaillance, quelle que soit l'impuissance de notre voix, par la parole, par les écrits, par les actes et les exemples, par l'abnégation, par la modestie, par la générosité, par l'énergie à défendre la cause du bien, et par la fermeté à combattre le mal, les enseignements de la véritable sagesse politique et le respect des principes sociaux. C'est là le devoir qui nous attend, et que nous devrons pratiquer quand nous aurons le bonheur de rentrer sur le sol de la Patrie. C'est le devoir du probe et honnête citoyen !

Et, confiants dans le triomphe définitif de la justice et du droit, ne voyons dans la tempête de carnage et de sang qui a passé sur la France, que la punition de nos excès qui précipitaient le cours rapide de sa décadence, et que le signe de la Providence nous appelant au bien, et voulant nous y attacher par l'horreur du mal, afin de replacer sur ses bases puissantes la France régénérée et transfigurée par l'épreuve !

Voilà, cher hôte, les dernières paroles d'un proscrit ; les derniers vœux et les espérances d'une âme brisée par les douleurs de la Patrie !

Puisse-t-elle, cher ami, nous rappeler bientôt pour partager ses peines, pour guérir ses blessures, et concourir à la tâche patriotique de sa réorganisation !

Et, en quittant ces rivages, je bénirai le sort qui m'y réservait tant de bienveillance, d'amitié et de consolations de votre part.

— Je les quitterai avec toi, cher proscrit, lui dis-je, quand sonnera l'heure de la grande consolation ; et, continuant, sur le sol natal, des relations cimentées sur la terre étrangère, nous pourrons reprendre, sur les événements politiques que traversera la France, des entretiens que le souvenir de l'exil nous rendra doublement chers.

Paris, Impr. PAUL DUPONT, rue Jean-Jacques-Rousseau, 41. (2185.8.1)

www.ingramcontent.com/pod-product-compliance
Ingram Content Group UK Ltd.
Pitfield, Milton Keynes, MK11 3LW, UK
UKHW020401230726
13925UKWH00003B/1207